Annette Craemer

Der Fall
Neuerburg

Annette Craemer

Der Fall Neuerburg

Ein Kriminalroman aus der Eifel

éditions trèves

Die Deutsche Bibliothek – CIP-Einheitsaufnahme

Craemer, Annette:
Der Fall Neuerburg : ein Kriminalroman aus der Eifel / Annette Craemer.
– Trier : Ed. Trèves, 1998
ISBN 3-88081-359-0

Cover: é.t., unter Verwendung des Ölgemäldes »Neuerburg um 1630« von Norbert Klinkhammer.

Auflage: 5. 4. 3. 2. 1.
© und Gesamtproduktion im Jahre   002   001   000   99   98
by éditions trèves, Postfach 1550, D - 54205 Trier

Herausgegeben mit Unterstützung
des Vereins zur Förderung der künstlerischen Tätigkeiten – éditions trèves e.V.

Unseren besonderen Dank für die großzügige Unterstützung richten wir an:

Galerie Kaschenbach GmbH
Fleischstr. 49/50
54290 Trier

Norbert Klinkhammer
Maler- und Restaurierbetrieb
Tel. 06564 - 20 46 / Fax 14 10
54673 Neuerburg/Eifel

Ich lebe mein Leben
     in wachsenden Ringen,
die sich über die Dinge ziehn.
Ich werde den letzten
     vielleicht nicht vollbringen,
aber versuchen will ich ihn.

Rainer Maria Rilke

Vorwort

Bevor ich mit meinen nicht ungefährlichen Notizen ein Feuer nähre –
schließlich geht es um Mord, zumindest Totschlag –, will ich sie ein
letztes Mal durchlesen. Ich beabsichtige nicht, eine Buchverbrennung
zu veranstalten, mehr nach meinem Sinn, meinem nüchternen, wäre
es, die Seiten mit einem Fön zu überpusten, daß die verräterischen
Zeichen in alle Winde geweht würden. Eine Verbrennung, ein Feuer ist
immer mit Emotionen behaftet. Es steht für das Heiligste und sein Gegenteil: der brennende Dornbusch – Gott und das Höllenfeuer. Das
Feuer im heimischen Herd und der Scheiterhaufen. Die olympische
Flamme und die mörderische Feuersbrunst. Als Neuerburger Sohn
hätte ich natürlich ein gewisses Verhältnis zum Zündeln, drei verhee-
rende Stadtbrände allein im letzten Jahrhundert geben davon Zeugnis.

In der größten Ausweglosigkeit und Verzweiflung, auf dem Tiefpunkt
meiner Existenz angelangt, schickte mich mein Chef zu einem Arzt:
»Sie sehen ja aus, als hätten Sie ein Jahr in unserem Burgverlies zu-
gebracht.« (Er konnte nicht wissen, wie nahe er mit dieser Bemerkung
der Wirklichkeit kam.) »So will ich Sie hier nicht mehr sehen.«

Daraufhin reiste ich tatsächlich nach Trier, ein umständliches Unternehmen: zuerst mit der Bahn nach Gerolstein, dann mit der Kylltalbahn
nach Trier, und suchte Dr. Guthy auf. Nach umfassenden Gesprächen,
bei denen ich freilich mein Geheimnis nicht preisgab, riet er mir:
»Schreiben Sie aufs genaueste und ausführlichste ihr Leben auf, angefangen mit dem, was man Ihnen seit frühester Kindheit erzählt hat, und
alles, an das Sie sich erinnern.«

»Und wozu soll das gut sein?« fragte ich einigermaßen skeptisch.

»Einmal befreit Sie diese Tätigkeit aus Ihrer tödlichen Lethargie,
aber vor allem hilft es, zwingende Entwicklungen aufzuzeigen: Wie
konnte es z.B. zu Ihrer jetzigen prekären Lage kommen? Es kann Sie
vieles verstehen lehren, aber Sie müssen gewissenhaft vorgehen.

Sie müssen sozusagen den Weg der Venen in unserem Blutkreislauf nehmen. Nicht den der Arterien, durch die mit voller Kraft von Herz und Lunge das Blut in entfernte Gefäße gepumpt wird. Nein, es gilt mühsam von den äußersten Körperteilen wieder den Weg zurück zum Herzen zu finden, bis wir irgendwo auf den Infarkt stoßen, die Stelle, die Ihr Leben blockiert.«

»Ich bin kein Schriftsteller, ich werde mich damit schwer tun,« warf ich wenig überzeugt ein.

»Beginnen Sie einfach, Sie werden sehen, es geht besser als gedacht. Und merken Sie sich: das Genannte ist das Gebannte!«

Und so war es tatsächlich, das Schreiben brachte mir eine enorme Erleichterung. Es war ein guter Rat. Fast habe ich dadurch ein zweites Leben gelebt, natürlich mit allen Höhen und Tiefen. Beim Durchlesen jetzt denke ich, es ist ein Stück Heimatgeschichte geworden, bestimmt ein Stück Zeitgeschichte. »Nun fang schon an, Holger Holgersen! Du bist jetzt Anfang fünfzig. Wie also war das Leben, das du geführt hast?«

Kindheit und Elternhaus

Geboren wurde ich an einem heiteren Fastnachtssonntag im Jahre 1922. Eine Ironie des Schicksals – weder fühlte ich mich je als Sonntagskind noch als leichtlebiger Narr. Ebenso glaube ich, von meinen Eltern weder sehnlich erwartet noch abgelehnt worden zu sein. Ich war auf die Welt gekommen und damit basta. Gestört habe ich sie im Verlauf meines Lebens dann auch herzlich wenig. Mutter berichtete später, ich sei ein »braves Kerlchen« gewesen. Meine Eltern, beide von schwächlicher Statur und häufig kränkelnd, stammten vom Land, aus dem nahegelegenen Sinspelt. Beide hatte die harte, ihre Kräfte überfordernde Arbeit auf dem Bauernhof in die Stadt getrieben. Vater war nach kargen Lehrjahren Buchhalter in einer der großen Gerbereien geworden. Mutter konnte als Zweitmädchen in dem prächtigen alten Pfarrhaus unterschlüpfen. In diesem, im Jahre 1624 großzügig als Vogtshaus errichteten Gebäude verbrachte sie nach eigener Aussage eine glückliche Zeit. Hier lernte sie in acht Jahren eine »feinere Lebensart« kennen, was Sprache, Manieren, Tischkultur und ein gesittetes Benehmen im allgemeinen betraf. Als sie makellos und unbeschadet durch ihre Eheschließung vom großbürgerlichen Pfarrhaus in unser kleines Haus am Kirchplatz übersiedelte, brachte sie das alles, soweit es Vaters schmaler Etat zuließ, in unsere Familie ein. Vater bewunderte zeitlebens seine adrette kleine Frau – andererseits errichtete sie dadurch Schranken zu ihrer Nachbarschaft, die, so lange ich mich erinnere, unüberbrückbar blieben. Doch glaube ich nicht, daß Mutter, die, um ihre »Aves« zu beten, oft und mit Ausdauer in die unserem Haus so nah gelegene, wundervolle Pfarrkirche rannte, deren Großartigkeit erfassen konnte. Meine Liebe zum Bauen und zur Baugeschichte im besonderen drängt mich, bereits an dieser Stelle etwas über St. Nikolaus, den Stolz der Neuerburger zu berichten. Erstmals erwähnt 1341, wurde der Bau in seiner jetzigen Gestalt erst gegen 1570 vollendet. Er gehört zu der Gruppe zweischiffiger Kirchen mit Mittelpfeilern, wie man sie in der Eifel öfter antrifft. Über dem hohen, reich ausgestatteten Raum wölbt sich ein Stern- bzw. Netzgewölbe. Starrt man längere Zeit in die Höhe, glaubt man, damit am himmlischen Firmament anzustoßen. Doch traue ich meiner Mutter solche Phantasieflüge nicht zu. Immerhin waren sich meine Eltern – getreu großen geschichtlichen Vorbildern (Romeo und Julia) – beim Kirchgang über den Weg gelaufen. Wie Ertrinkende müssen sie sich nach Jahren zehrender Einsamkeit aneinandergeklammert haben, um sich auf dieser Erde nie mehr loszulassen. Fremde waren sie in ihrem Dorf geworden, Fremde blieben sie auch im Städtchen, obwohl wir mittendrin wohnten. Nun war ich auf die Welt gekommen, und sie gaben mir den Namen Holger. Holger Holgersen. Ich war stolz auf meinen, für die Eifel ungewöhnlichen Namen. Woher er stammte? Vor Generationen sei ein Zimmermann auf der Walz durch Sinspelt gekommen. Habe sich unsterblich in die schöne Bauerstochter verliebt und sei eben hier hängengeblieben. Es gab sie also mehrfach bei meinen Vorfahren, die großen Liebenden. Auch Monogamie scheint in meinen Genen zu liegen.

Obwohl Mutter zurückhaltend, ja abweisend wirkte, besaß sie eine gute Beobachtungsgabe und hatte viel Sinn für Humor. Wenn sie guter Stimmung war, konnte sie beim gemeinsamen Mittagessen unterhaltsam erzählen, kleine Begebenheiten, die sie beim Einkauf oder Kirchgang aufgeschnappt hatte. Da zog in unsere nächste Nachbarschaft, in eines der kleinen Häuschen am Kirchplatz, eine Witwe aus Trier. Nach dem Tod ihres Mannes war es ihr als Erbe zugefallen. Um die lächerlich geringe Rente dieser Zeit etwas aufzubessern, beschloß sie, einen Mittagstisch für Junggesellen ins Leben zu rufen.

Dieses preiswerte Angebot wurde dankbar angenommen von zwei jungen Ärzten, dem noch unverheirateten Apotheker, aus der Verwaltung strömten zwei Herren dazu, kurz, es kamen ein halbes Dutzend Kostgänger zusammen. Und Tini, wie sie bald nur noch genannt wurde, sorgte nicht nur für des Leibes Nahrung, sie unterhielt ihre zahlenden Gäste auf charmante bis zwerchfellerschütternde Weise. Tini war besonders daran gelegen, ihr Leben in Trier in ein verklärendes Licht zu tauchen. So zeigte sie voll Stolz ein Foto des verstorbenen Gatten mit der Bemerkung: »Sieht er net aus wie der zweete Hindeborsch?« Tatsächlich trug Herr »Allenfalls«, wie er bald im Städtchen hieß, einen Bürstenhaarschnitt und an der geeigneten Stelle darunter einen gewaltigen Schnurres. Tini hatte berichtet und auf edel retuschierten Fotos gezeigt, welch hübsches Mädchen sie einst gewesen war und dementsprechend »großartige Partien« hätte machen können. Da war der Herr Doktor oder auch der Herr Direktor – allenfalls noch Herr Müller. Sie nahm dann Herrn Müller zum Gemahl. Auch die eheliche Wohnung wurde in leuchtenden Farben geschildert.

»Das hätten Sie sehen müssen, diese Storesse. Die Büffeter mit solchen Löwenfüßen!« Mutter versuchte vergeblich, mit ihren feinen Händchen durch Aneinanderlegen und Fingerspreizen einen imponierenden Löwen-Eindruck zu erwecken.

Und wie haben wir über eine andere Episode gelacht. Man hatte gespeist und die Herren erhoben sich, um das Haus zu verlassen. Da stürzte Tini aufgeregt aus der Küche und schrie, »Aber meine Herren, es wird doch noch desertiert!«

Selbst Vater hörte sich den nachbarlichen Tratsch amüsiert an und schaute Mutter verliebt-bewundernd auf das spitze Mündchen. Wie gesagt, ich war ein »braves Kerlchen«, und wurde, wenn Vater müde von der Arbeit kam oder Mutter mal wieder ihre Migräne hatte, ständig dazu angehalten, ruhig zu sitzen.

Was Wunder, das ich oft das allzu stille Haus floh und eine nahgelegene Tischlerei besuchte? Nur der alte, gutmütige Inhaber werkelte hier herum, hauptsächlich führte er Reparaturen aus. Ich wurde nicht müde, ihm zuzusehen beim Abmessen, Hobeln, Drechseln, Leimen. Alles geschah mit großer Ruhe und Konzentration. Lästig gefallen bin ich dem wackeren Mann nie. Nie mußte er mich ermahnen, auf sicherer Entfernung zu bleiben. War es Zeit zum Heimgehen, durfte ich mir geeignete hölzerne Abfallstücke mitnehmen. Ich sammelte sie zu Hause in einem Karton und benutzte sie anstelle eines normalen Baukastens, der kaum so abwechslungsreich und voller Konstruktionsmöglichkeiten gewesen wäre wie der meinige. Gekauftes Spielzeug hatte ich so gut wie keines – unvorstellbar im Zeitalter der vor Spielzeug berstenden Kinderzimmer. Eine Ausnahme bildete die kleine blanke Blechtrompete, die ich im Alter von vier Jahren zu Weihnachten geschenkt bekam. Ein traumatisches Erlebnis verbindet sich mit diesem heißgeliebten Instrument. Mit Hingabe spielte ich darauf, natürlich nur, wenn Vater aus dem Haus war und Mutter keine Kopfschmerzen hatte. Am liebsten im Freien. Mit fünf Jahren konnte ich dem ungeeigneten Gerät einige wohlklingende Töne entlocken, bestimmt eine Leistung. Weitsichtigere Eltern als die meinen hätten erkennen müssen, daß bei mir sowohl Ausdauer als auch Begabung und Liebe zur Musik vorhanden waren. Doch weder damals noch zu einem späteren Zeitpunkt wurde in meinem Elternhaus ein Gedanke daran verschwendet, mir das Erlernen eines Instrumentes zu ermöglichen. Vor allem in mir selbst wurde durch ein schreckliches Ereignis ein für allemal der Wunsch getilgt, jemals wieder ein Musikinstrument in die Hand zu nehmen. Meine kleine Trompete hatte nämlich durch eifriges Putzen und Benutzen das hölzerne Mundstück eingebüßt. Niemand machte sich die Gefahr bewußt, die ein weiteres Benutzen des ungeschützten, scharfkantigen Blasinstruments für ein Kind in meinem Alter mit sich bringen konnte. Als ich eines Tages stolzgeschwellt einem größeren Nachbarsjungen einige lautstarke Töne ins Ohr schmetterte, versetzte er umgehend dem Trichter einen kräftigen Schlag. Das scharfe Blechrohr drang tief in meine Mundhöhle und verletzte mich lebensgefährlich. Ein wahrer Blutstrom quoll aus dem Schlund, fast wäre ich erstickt. Die Nahrungsaufnahme wurde für mich lange Zeit zu einer Qual, selbst das Atmen machte Mühe. Am meisten aber schmerzte mich eine Bemerkung meines Vaters: »Der Junge kann nicht mit Musikinstrumenten umgehen.« Die Trompete wurde fortgeworfen, ich habe nicht mehr danach gefragt.

Obwohl ich nun noch mehr Angst vor größeren Jungen hatte als vor dem Unfall, schloß ich mich einer kleinen harmlosen Bande Jugendlicher an. Als stiller Mitläufer sozusagen. Unser Hauptziel war die Burg-anlage, immer noch ein mächtiges gewaltiges Bauwerk, trotz der Zer-störungen, die der spanische Erbfolgekrieg und der Sonnenkönig an-gerichtet hatten. Die Befestigungsanlagen flogen 1692 unter dem Be-fehl des französischen Gouverneurs in die Luft. Aber für uns Jungen blieb genug Fels und Mauerwerk zum Klettern übrig. In das dunkle Burgverlies, in das wir mit geheimem Schauder blickten, konnten wir leider nicht eindringen. Was heißt leider, ich war durchaus erleichtert. Auch eine Menge Wohnraum hatte die Verwüstungen überdauert. Im Laufe der französischen Revolution waren Teile der Burg von der Stadt gekauft worden und dienten nun als Armenwohnung und Gefängnis. Neues Leben zog in die Ruinen ein, als 1930 der Jugendbund Neu-deutschland die Burg in Erbpacht erwarb und restaurierte.

Es berührt mich beim Durchlesen meiner Erinnerungen zutiefst, wie sehr mir diese Stadt, speziell natürlich der Hexenturm und das Stück Wallmauer, zum Schicksal wurde.

Dieses zwischen Burg und Enz, zwischen Berg und Tal, mit siche-rem Gespür hineinkomponierte mittelalterliche Stadtensemble, ent-standen als Burgsiedlung der Herren von Neuerburg, war keineswegs nur Kulisse in meinem Leben. Die umfassende Stadtbefestigung, nach 1332 errichtet und 1692 teilweise zerstört, wurde nach dem großen Stadtbrand von 1818 als Steinbruch freigegeben. Sechzehn Türme hatten sie dereinst gekrönt, drei Stadttore sie durchbrochen. Heute exi-stiert leider nur ein kümmerlicher Rest der alten Herrlichkeit: der Beils-turm, ein vorgeschobener, nach der Stadt zu offener Wachtturm jen-seits der Enz, und besagter Hexenturm, der mir und meiner Familie zum bedrückenden Schicksal werden sollte. Doch davon später.

Mittlerweile hatte ich die Schulreife erlangt. Da ich durch das Her-umstreifen mit der Burg-Bande eine Reihe Gleichaltriger kennengelernt hatte, sah ich dem Tag der Einschulung gelassen entgegen. Es lief al-les recht gut für mich, ich lernte leicht, hatte ein gutes Gedächtnis, au-ßerdem von beiden Eltern einen peniblen Ordnungssinn anerzogen bekommen. Abschreiben durfte bei mir, wer immer es wollte. Es brachte mir jedoch wenig Ansehen ein. Das gewann, wer in den Pausen sich bei den fälligen Schlägereien behaupten konnte. Solchen Kämpfen ging ich ängstlich aus dem Weg. Es gab Buben in meiner Klasse, kaum größer oder kräftiger als ich, die sich nicht scheuten, bei den fast täglich anstehenden Keilereien kräftig mitzumischen. Jedenfalls stellten sie sich unbekümmert allen Kraft-und Rangproben. Manche waren flink und gefährlich wie Luchse, bissen und kratzen, und konnten sich auf diese Weise gegen die Muskelprotze wehren. Ich beneidete sie um ihre Furchtlosigkeit. Da ich ein überaus scheues Kind war, machte ich auch um meine Lehrer weite Bogen. Nie meldete ich mich freiwillig im Unterricht, selbst dann nicht, wenn ich als einziger die verlangte Antwort wußte. Oft beschlich mich das Gefühl, ich trage eine Tarnkappe, so wenig wurde ich wahrgenommen. Das war mir angenehm. Körperlich gestraft wurde ich während der Volksschulzeit nur ein einziges Mal – und das zu unrecht. Es herrschten damals in den meisten Schulen strenge Sitten. Hiebe für Buben mit dem Rohrstock waren an der Tagesordnung. Mein Vergehen, das die Bekanntschaft mit dem Stock auslöste, war einfach lächerlich. In der Annahme, es sei Mittwoch und der Nachmittag unterrichtsfrei, hatte ich bereits vor dem Schlußgebet meinen Ranzen aus dem Fach hervorgezogen und aufs Pult gelegt. Mein Banknachbar klärte mich während des Betens flüsternd über meinen Irrtum auf. Erschrocken blickte ich zum Lehrer hin. Darauf unterbrach dieser seine Andacht und rief uns beide als Ruhestörer nach vorn. Wir mußten uns mit dem Oberkörper über die vorderste Bank legen und bekamen mit dem Stock ein paar Hiebe über den Hosenboden gezogen, daß es nur so pfiff. Es tat mächtig weh, aber meine Empörung galt weniger dem Schmerz und der Peinlichkeit, als dem Gefühl Unrecht zu erleiden. Einen Laut indes hörte man nicht von mir, dafür schrie mein Kumpan für zwei.

Eine andere peinliche Episode aus meiner Schulzeit bereitet mir sogar beim Erinnern großes Unbehagen. Eine stramme katholische Erziehung war damals in den Eifelschulen an der Tagesordnung. Begegnete man als Kind irgendwelchen Vertretern der geistlichen Zunft,

Priestern oder Ordensleuten, so war ein deutliches »Gelobt sei Jesus Christus« als Gruß gefordert. Nun zu besagtem Ereignis: Nichtsahnend benutzte ich während einer Schulpause unsere wenig gepflegte Toilettenanlage mit drei holzverschalten Abtritten. Wie ich da auf der Kloschüssel hocke, geht in der Nachbarkabine ein ungewöhnliches Gedröhne vonstatten – als ob es sich um berstende Eingeweide handele, zumindest um eine überaus heftige Magenverstimmung. Aus einem mir heute nicht mehr verständlichen Impuls ziehe ich mich an der mannshohen Zwischenwand hoch und entdecke zu meinem Schrecken unseren Herrn Kaplan. Sicher hatte er in seiner Bedrängnis keine Zeit mehr gefunden, den Schlüssel zur Lehrertoilette zu holen. In meiner Verwirrung murmele ich – wie gewohnt – »Gelobt sei Jesus Christus«, lasse mich zurückfallen und jage davon. Nie ist später ein Wort über diesen Vorfall verlautet worden. Jetzt habe ich es mir wenigstens von der Seele geschrieben. Wie gut tut das!

Meinen Eltern machte ich während der Schulzeit wenig Sorgen. Gute Noten in Lernen, Ordnung und Betragen – zerfetzte Kleidung gab es nie. Zu Hause setzte es zwar einige Male Hiebe, aus Gründen, die mir jedoch nicht stichhaltig schienen. Öfter war ich mit Verspätung zu den Mahlzeiten heimgekehrt. Oder es war mir durch die Schuld anderer etwas aus dem Ranzen abhanden gekommen, Kleinigkeiten wie Griffel, Schwamm oder Radiergummi. Hierbei sah ich mich allerdings als schuldig an. Ich war nicht sorgsam genug mit den Sachen umgegangen, alles kostete Geld und mußte ersetzt werden. Es hatte jedenfalls seine Ordnung: Schuld und Sühne. Strafe und Vergebung. Im ganzen gesehen fühlte ich mich daheim geborgen, es war eben, wie es war. Mutter war auf ihre stille Weise immer für mich da, das war die Hauptsache.

»Wir sind nur kleine Leute«, pflegte sie zu sagen, »aber niemand soll uns etwas anhängen können.«

»Ein tadelloser Name ist die beste Empfehlung«, echote mein Vater. Nur nicht in anderer Leute Mund geraten. Das hätten meine Eltern nicht ertragen. Welch Glück, daß ihnen das Schlimmste an Nachrede erspart blieb. Die Mordgeschichte. Unauffällig leben, das war ihre Devise. Und: Man bleibt am besten für sich. Meine Eltern gingen niemals aus. Abgesehen von den nächsten Verwandten besuchte uns keine Menschenseele.

Am lebhaftesten in Erinnerung geblieben sind mir die Abende in der Küche zu Hause. Vater las Wort für Wort die Zeitung durch, Mutter strickte oder stickte oder las gleichfalls. Im Ofenaufsatz brutzelten Äpfel. In der Vorschulzeit baute ich auf dem Küchentisch Türme und Burgen aus den zusammengetragenen Holzstückchen. Später las auch ich, viel und gern und rasch. Vater war ein politisch interessierter Mann. Den abendlichen Nachrichten aus dem Volksempfänger lauschte er mit angespannter Aufmerksamkeit. Zu meinem Leidwesen wurde der Apparat abgestellt, sobald Musik ertönte. Stattdessen hatte Vater das Bedürfnis, über das Gehörte und Gelesene zu sprechen. Besonders in den unruhigen Jahren vor der »Machtergreifung« hielt er uns mit zunehmender Erregung lange Vorträge, so daß ich oft und mit Bewunderung dachte, warum wählt man meinen Vater nicht zum Reichskanzler? Er könnte bestimmt die verworrene Lage des Vaterlandes meistern. Die Zukunftsbilder, die meine Eltern nach 1933 gemeinsam beschworen, während ich mucksmäuschenstill dabeisaß, ängstigten mich oft tagelang.

Hitler wird uns den Krieg bringen, war die immer wiederkehrende Schlußfolgerung aller erregten Auseinandersetzungen. Vater hatte im Ersten Weltkrieg zwei Jahre an der Westfront gelegen, wurde sogar einmal verschüttet. Das ließ ihm Kriege im allgemeinen, und einen unter Hitlers Regie insbesondere, als grauenvoll erscheinen. Daß ich zum Mitwisser höchst gefährlicher Äußerungen gemacht wurde und ein unbeabsichtigtes kindliches Verplappern die ganze Familie ins Unglück stürzen konnte, bedachte niemand.

Ab einem gewissen Alter wollte ich von der ganzen Unkerei – wie ich diese Gespräche respektlos bei mir nannte – nichts mehr wissen. Ich verzog mich, sofern es nicht allzu kalt war, in mein eigenes, nicht heizbares Stübchen im Obergeschoß. Die Eltern saßen am liebsten in der

Küche. Es geht niemand etwas an, wie wir unsere Abende verbringen, äußerte sich meine Mutter dazu. Man grüßt sich und damit hat es sich. Natürlich brachte ich nie einen Freund nach Hause. Unter solchen Umständen ist es schier unmöglich, einen Freund zu haben. Dafür fand ich ein Mädchen, mein Mädchen, die Einzige und vom Anbeginn meiner Zeit an einzig Geliebte: Herta! Durch einen längeren Kuraufenthalt – Blutarmut wurde vermutet – war sie mit vierteljähriger Verspätung in die Klasse gekommen. Für mich ging mit ihrem Erscheinen die Sonne auf: blank, weiß-golden leuchtend. Klar, daß auch sie unter diesen Voraussetzungen keinen rechten Kontakt zu den übrigen braun-grauen Schwerfälligen finden konnte. Aber meine Freundschaft zu ihr entwickelte sich zu einer großen farbigen Wonne meiner ansonsten eher blassen Kindheit.

Eine weitere Seligkeit für mich wurden die Bücher. Was wäre aus mir geworden ohne die geliebten, mit schwarzen Zeichen der Magie bedeckten Buchseiten? Man mußte nur einmal hinter die Zauberformel gekommen sein, und schon erschlossen sich alle Welten und Zeiten. Es war ein »Sesam öffne dich«. Wenn ich aus der Schule heimkam, machte ich zügig die Hausaufgaben. Durch meine Konzentrationsfähigkeit während des Unterrichtes ging das mühelos und ganz ohne jede Hilfe oder Aufsicht. Ich hätte damit auch nicht rechnen können. Und danach – sofort die Nase in die Bücher gesteckt. Meinen Erzeugern wurde nie bewußt, wie wenig Stunden ich über den Aufgaben verbrachte, und welches Universum an Zeit dem Vergnügen geopfert wurde. Sie hätten es gewiß mißbilligt. Als ich das Alter erreicht hatte, um auf ein Gymnasium überzuwechseln, wurden meine Eltern zum erstenmal zu meinem Lehrer bestellt. Er machte ihnen in dürren Worten klar, daß ihr Sohn genug Grips hätte, um auch die Höhere Schule mit Leichtigkeit zu schaffen. Ich glaube, sie hatten bis dato überhaupt nicht mitgekriegt, daß ich der beste Schüler meines Jahrgangs war. Was nun? Was tun? Zu meiner Zeit gab es kein Gymnasium in Neuerburg. Mutter hatte zuerst eine Idee: »Da wohnt doch eine verheiratete Schwester von mir in Aach bei Trier. Von da mit dem Bus jeden Tag ins Gymnasium, das müßte er schaffen, was meinst du, Holger?«Ich war mit allem einverstanden, wenn auch mein Herz blutete bei dem Gedanken, Herta nur noch während der Ferien sehen zu können. Doch mein Entschluß wurde erleichtert von der Vorstellung, daß es auch für sie als beschlossene Sache galt, in das teure, streng katholische Mädchenpensionat »Pützchen« in Bonn überzuwechseln. Es taten sich die ersten großen Veränderungen in meinem Leben auf.

Herta

Zunächst muß ich von Herta berichten. Als sie zum ersten Mal die Klasse betrat, schien sie mir ein Märchenkind zu sein. Heute, nachdem ich die »Endlose Geschichte« gelesen habe, sage ich: sie war die kindliche Kaiserin in Person, aus feinstem Porzellan gegossen. Eine gläserne Fee blieb sie für mich.

Die übrigen Mädchen wirkten wie grobes Steinzeug neben ihr. Oder sie war ein Birkenstämmchen, dünn und blaß schimmernd in einem Tannendickicht. Fast immer trug sie weiße Matrosenblusen mit großem Kragen, dazu weiße Faltenröcke. Kleidungsstücke, die sie von den anderen absetzten. Grenzen zogen. Einmal bekam ich die neidisch-boshafte Bemerkung einer Mitschülerin zu Gehör: »Mer maant, sie trägt e Totehemd.« Es kam aber noch ärger, und daran trug Herta selbst die Schuld. Die Erstklässler hockten zwitschernd und schwatzend auf der niedrigen Schulhofmauer, und Herta, die sich unsicher und unschlüssig davor herumdrückte, wurde immerhin aufgefordert, sich dazuzusetzen. Doch sie krauste das schmale Näschen, schüttelte den weißblonden Bubikopf und sagte voll ängstlicher Abwehr: »Ich darf mich nicht auf mein weißes Spitzenhöschen setzen.«

Das Wort bekam Flügel und machte pfeilgeschwind die Runde im gesamten Schulbereich. Es stufte Herta endgültig und gnadenlos als eine nicht für voll zu nehmende Außenseiterin ein. Dabei war der kindlich harmlose Ausspruch allein dem Elternhaus anzulasten. Auch mir wurde er zugetragen, doch so jung ich war, mochte ich mich nicht darüber mokieren. Ich stellte mir ein – ähnlich dem eigenen – gestrenges Elternpaar dazu vor, das unnachsichtig jede Verunreinigung der Kleidung bestrafte.

Einige Male hatte ich mich immerhin in die Nähe der kleinen Schneeprinzessin gewagt, doch meine Scheu – besonders vor Mädchen – war größer als mein Wunsch, mit ihr zu reden.

Dann geschah es, daß Herta am Ende eines Schulmorgens auf dem Heimweg von einem kleinen Rudel Jungen und Mädchen umringt wurde. Erst neckte man sie ein wenig, puffte sie mehr freundschaftlich. Ein Mädchen lupfte den weißen Faltenrock, um das berüchtigte weiße Spitzenhöschen zu sehen. Nun schlug Herta um sich und wehrte sich ärgerlich. Daraus entwickelte sich ein heftigeres Gerangel, in dessen Verlauf das verschreckte Kind in den Straßenstaub gestoßen wurde. Jemand riß mit Ausdauer an dem großen Kragen, daß er bedrohlich in den Nähten krachte und sich schließlich selbständig machte. Ich hatte die Szene schon von weitem bemerkt, kam ergrimmt herbeigerannt, packte im Lauf meinen Ranzen mit beiden Fäusten und drosch damit wie ein Amokläufer gnadenlos und furchtlos auf die Wegelagerer ein. Ich fühlte selbst, daß mein Gesicht auf schreckenerregende Weise vor Wut verzerrt war. Ich kann bis heute nicht sagen, was mit mir vorging. Jedenfalls hatte mich ein verzweifelter Mut gepackt – mich, den ängstlichen scheuen Knaben. Wird man so zum Helden? Nie mehr, selbst im Kriege nicht, bin ich auf ähnliche Weise über mich hinausgewachsen.

Die Fünferbande hatte längst die Flucht ergriffen. Ich half dem heulenden Mädchen auf die dünnen Beine, klopfte die vordem so makellosen Textilien eifrig ab und suchte im Staub nach dem abgetrennten Kragen.

»Komm«, sagte ich überlegen, »ich bringe dich heim.« Meine zusätzlichen Bemühungen, ihr Gesichtchen von dem Gemisch aus Staub und Tränen zu befreien, wehrte sie ab.

Nachdem wir eine Weile stumm nebeneinanderher getrottet waren, stieß sie unter verhaltenem Schluchzen hervor: »Komm mich heute nachmittag besuchen, meine Mutter kocht mir nachmittags immer heiße Schokolade.«

Ich nickte eifrig. Von heißer Schokolade hatte ich so wenig Ahnung wie von Hertas Zuhause. Ihr unbemerkt nachzulaufen, hatte ich mich nie getraut, doch im Geheimen hatte ich mir längst ein Schloß oder etwas ähnliches – nach den Vorgaben einschlägiger Märchenbücher – für meine Prinzessin zusammengeträumt.

Nun, als ganz so großartig entpuppte sich die Wirklichkeit freilich nicht. Herta führte mich zu einem stattlichen Haus, an dessen ausladendem Portal eine blankgeputzte Messingglocke betätigt werden mußte. Heute weiß ich, daß die Steinbachs – Möbelhandlung und Einrichtungen – ein altes Patrizierhaus bewohnten, das in einem edlen klassizistischen Stil erbaut war. Hinter dem Wohnhaus lagen, um einen baumbestandenen Innenhof zu einem Karree angeordnet, die Werkstätten der Polsterei und verschiedene Lager. Das eigentliche Möbelgeschäft befand sich in mehr zentraler Lage. Vor den hohen spiegelnden Fenstern des Wohnhauses blühten Geranien und Petunien in solcher Fülle, daß ich dachte, die üppige Pracht wurzele keineswegs in den schmalen grünen Kästen, sondern quelle aus dahinterliegenden geheimnisvollen Räumen.

All das wirkte auf mich überaus verheißungsvoll. Ich freute mich in einem Unmaß auf die nachmittägliche Einladung – die erste, die ein gleichaltriges Kind an mich gerichtet hatte –, daß ich am liebsten laut herumgekräht hätte. Hertas Mutter öffnete die Tür, eine magere, strengblickende Frau in blütenweißer Kittelschürze. So ähnlich hatte ich sie mir vorgestellt. Berauscht von meiner eigenen Kühnheit, erstattete ich ausführlichen Bericht über das Vorgefallene und fügte zum Schluß, fast tollkühn für damalige Kinder, meine eigene Meinung an, daß ich es für zweckmäßiger halte, Herta nicht weiterhin weißgekleidet in die Schule zu schicken. Niemand sonst in der Klasse trage weiße Matrosenblusen.

Obwohl ich spürte, daß mein vorlauter Rat mit einer gewissen Verärgerung registriert wurde, kam Herta in Zukunft zwar hell und freundlich gekleidet, doch nicht mehr als weißer Engel daher. Auch nahm sie sich an mir ein Beispiel und befleißigte sich in allem der größten Zurückhaltung, und der unbewußt raffinierte Psychoterror einer geschlossenen Klassenfront lief sich an uns tot.

Es war ein bemerkenswerter Tag in meinem Leben, der Tag meines ersten Besuches im Hause Steinbach. Wie ein Besessener war ich nach Hause gerannt, nachdem ich Herta an der Haustür abgeliefert hatte. Die Ereignisse des Morgens sprudelten nur so heraus – und dann der Clou, meine Einladung zu heißer Schokolade.

»Was sind denn das für Fisimatenten?« fragte mein Vater mißbilligend.

»Man könnte geradesogut Kakao dazu sagen«, meinte Mutter spitz.

Ich hielt den Mund, haßte jedoch beide maßlos in diesem Augenblick. Später legte mir Mutter frische Sachen heraus, und sorgfältig gekleidet, gebürstet und gewaschen sauste ich beizeiten zu dem wohlbekannten ersehnten Ort. Natürlich erschien ich viel zu früh. Dennoch, das Paradies tat sich sogleich für mich auf. Herta erwartete mich bereits. Das Haus war für meine damaligen Begriffe mit den kostbarsten Dingen vollgehängt und vollgestellt. Da schwebte von den hohen Fenstern ein wahres Sommergewölk an Gardinen herab. Von den überreich verzierten Stuckdecken hingen kaskadengleich gewaltige Lichtspender. Auf den Fußböden breiteten sich weiche Teppichwiesen aus, und geschnitzte Schränke und Truhen türmten sich wie Burgen. Die heiße Schokolade wurde uns von einem freundlichen, adretten Hausmädchen in hauchdünnen Tassen serviert, die mit zwei schmalen Reihen blauweiß versetzter Rechtecke geziert waren. Wieviel schöner würden sich hier Blumengirlanden ausnehmen, dachte ich bedauernd. Heute wüßte ich den Wert der alten Fayencen zu schätzen, doch sie gerieten, wie fast das ganze Inventar, in den Zusammenbruch des Hauses Steinbach.

»Ich sehe, du kannst auch behutsam zupacken«, sagte Hertas Mutter anerkennend, nachdem ich vorsichtig einige Schlucke des dampfenden köstlichen Gebräus zu mir genommen hatte. Waren die zarten Tassen etwa ein Test gewesen? Egal, es ging mir jedenfalls wunderbar, auch zu essen gab es Leckeres.

»In Gesellschaft schmeckt es Herta besser, sie ißt sonst zu wenig«, klagte die Mutter. »Du scheinst mir ein sauberer, wohlerzogener Junge zu sein. Besuche Herta nur recht oft.«

Na prima, was wollte ich mehr?

Nachdem wir uns gestärkt und zusammen die Schularbeiten gemacht hatten, durften wir zum Spielen aufbrechen. Herta führte mich in ihr Reich, zu den halbvergessenen Speichern über den ebenerdigen Werkstätten. Auf dem Weg dorthin, über Nebentreppen, Galerien, Vorräume, über ein Flachdach mit rötlichem Moosbewuchs – ein Weg der Vorbereitung, ein Pilgerpfad –, fragte Herta, »Hast du Angst vor Gespenstern?«

»Gibt's da welche?«, fragte ich aufgeregt-gläubig. Bisher hatte ich nur durch meine Bücher von den geheimnisvollen Wesen Kenntnis erhalten. Hier an diesen Orten konnte ich sie mir leibhaftig vorstellen.

»Wirst schon sehen«, tat Herta wichtig, als wir endlich das spinnwebverhangene, von der Welt abgeschirmte Ziel erreicht hatten. Herta stieß eine letzte Tür auf und mich in ein düsteres Gelaß. Zunächst stand ich wie angewurzelt, gewärtig, daß mich ein Dutzend Geister anspringen würde. Herta gab mir einen freundschaftlichen Stoß und kicherte. »Bist du blöd! Du kannst dich hier ganz normal bewegen. Sieh dir den alten Krempel nur genau an.«

»Und was ist mit den Geistern?« fragte ich möglichst unbefangen. Die Finsternis hatte sich inzwischen ein wenig aufgehellt. »Ich glaub', die kommen nur, wenn ich allein bin«, sagte Herta. »Die haben zuviel Schiß, daß du sie womöglich genauso verdrischst, wie die Bande heute morgen.«

Klar, meine Freundin wollte mich nur verunsichern. Daß sie mein Heldenstückchen nochmals erwähnte, freute mich indessen. Mit zunehmendem Entdeckerdrang durchforschte ich die beängstigend weiträumigen Speicher. Irgendwo ging quietschend eine Schranktür auf. Das Innere war vollgestopft mit nachlässig zusammengelegten Stoffen. Herta entfaltete einen Packen. Obwohl an vielen Stellen durchgewetzt und fadenscheinig, blitzten die Metallfäden des einstmals kostbaren Brokatgewebes noch immer festlich und verheißungsvoll. In beinlosen Vitrinen schlummerte ausrangierter Nippes. Herta folgte mir auf Schritt und Tritt und weidete sich an meinem Staunen. Als ich den schweren Deckel der alten Truhe aufklappte, glaubte ich im ersten Moment einen Schatz entdeckt zu haben. Ein Gewirr von Armreifen und Broschen schimmerte aus der Truhentiefe hervor. Doch als ich nach dem Fund griff, stellte ich voll Entsetzen fest, daß es sich dabei um das Skelett eines kleineren Tieres handeln mußte. Mit einem Schrei warf ich den Deckel wieder zu. Normalerweise hätten mich die alten Knochen nicht zum Schaudern gebracht. Doch hier machte die Umgebung den Fund zu einem beängstigenden Erlebnis. Herta schüttelte sich vor Lachen. »Vor Kali mußt du keine Angst haben. Ich habe das Gerippe in die Truhe gesteckt, weil ich es aufregend finde, so ein bißchen was zum Gruseln zu haben, meinst du nicht?« Ich blieb stumm, ärgerte mich über das spottende Mädchen und über mich selbst.

Herta fuhr fort: »Tote Katzen sind mir überhaupt lieber als lebendige. Die können sich nicht mehr heimlich an dich ranschleichen und dir ums Bein streichen.«

Die dünne Mädchenstimme hatte plötzlich einen kalten Unterton bekommen, und ich sprach eine Verdächtigung aus, die ich nach einigem Nachdenken wohl kaum so geäußert hätte. »Du hast die Katze in die Truhe gesteckt, und dann ist sie dort verreckt.«

Herta war empört. »Wenn du so was von mir denkst, kannst du gleich abhauen ... Ist ja ekelerregend, allein der Gedanke ...«

Das sah ich ein. »Bitte sei nicht bös'«, bettelte ich. »Ist mir nur so rausgerutscht, weil ich erschrocken war.«

Doch alle Beteuerungen fruchteten nichts, Herta blieb ein beleidigter Engel, und ich ging bedrückt nach Hause. An den folgenden Tagen machte ich einen Bogen um Herta. Sie war es, die nach ein paar Tagen die Einladung wiederholte, und die verwunschenen Hallen phantastischer Spiele standen mir erneut offen. Die verhängnisvolle Truhe hatte Herta in eine dunkle Ecke gerückt, und wir vergaßen sie fast. Ich überlegte mir in der Folge immer, was ich sagte. Um nichts in der Welt wollte ich mir erneut den Weg ins Paradies verscherzen.

Hertas Hauptvergnügen bestand darin, Geheimfächer in den ausgedienten Sekretären zu entdecken. Sie hatte dafür einen angeborenen Spürsinn. Während ich schulterzuckend und hilflos vor einem solchen Möbel stand, liefen ihre Porzellanfinger hierhin und dorthin, ertasteten einen verborgenen Knopf, einen doppelten Boden oder eine versteckte Leiste, und schon ging wie durch Zauberkraft das Geheimfach auf. Manchmal fanden sich alte Briefe, für uns kaum zu entziffern, und wenn, dann waren sie getränkt mit herzbeklemmender Wehmut, von der wir nichts wissen wollten. Oder seidenbandumwickelte Haarlocken kamen ans Dämmerlicht, mürb wie Zigarrenasche. Mich stimmte das traurig, Herta war davon wie elektrisiert. Mir gefiel es besser, wenn wir die ausrangierten Möbel zu Burgen oder Türmen zusammenrückten oder einfachen Häuschen, einem Nestbautrieb folgend, den jedes Kind einmal unwiderstehlich packt. Jedoch, wem stehen solch ergiebige Materialien schon zur Verfügung? Wir spielten auch Geschichten nach, die ich zuvor gelesen und Herta erzählt hatte. Immerfort sollte ich ihr erzählen. Sie war dann die Prinzessin, kühl und hochfahrend, und ich der treue Knappe. Ich fand das vollkommen in Ordnung – es war nicht so, daß sie allein die Spielregeln bestimmt hätte. Sie richtete sich durchaus auch nach meinen Wünschen und Vorstellungen. Es herrschte bei uns ein friedliches, versunkenes Miteinander. – Fast hätte ich die alten Stoffe unerwähnt gelassen, die herrlichsten Kostüme steckten wir daraus zusammen, und welches Kind würde sich nicht mit Hingabe kostümieren.

Zwei- bis dreimal in der Woche durfte ich Herta besuchen, mehr erlaubte mein Vater nicht. Fürchtete er, daß ich im Hause Steinbach zu sehr an ein mir nicht gemäßes Leben gewöhnt würde?

Hertas Mutter hätte mich gern jeden Tag bei sich gesehen. Sie setzte sich zu uns, trank aus zarter durchscheinender Teetasse ein wunderbar duftendes Getränk und behandelte mich wie einen Freund des Hauses.

»Wie kommst du zu dem seltsamen Namen, hier in der Eifel«, fragte sie mich. Ich berichtete von der schönen Ahnfrau, für die der wandernde norddeutsche Handwerksbursche seine Ziele änderte.

»Und er ist bei ihr geblieben, es zog ihn nicht erneut in die weite Welt?« fragte sie fast ungläubig.

»Aber sie liebten sich doch«, war meine Antwort.

»Die Glückliche«, sagte sie mit Wehmut in der Stimme.

»Und wie bin ich zu meinem scheußlichen Namen gekommen?« fragte Herta, nach meinem Gefühl recht ungezogen.

»Dafür kann ich nichts. Das war dein Vater, der dich nach seiner Mutter benannt hat.«

»Ich finde, Herta ist der schönste Name, den ich je gehört habe«, warf ich ungestüm in die Namensdebatte. Die Mutter streichelte mir liebevoll über's Haar, ein schwaches Lächeln stolperte über ihr vergrämtes Gesicht, sie verließ den Raum und wir gingen spielen.

In den Speichern fühlte ich mich am wohlsten. Die bedrückende Fülle des Hauses machte mich oft beklommen. Besonders dem Großvater suchte ich rasch zu entkommen, wenn er einmal zufällig meinen Weg kreuzte. Immer blickte er streng – ja finster drein. Von den zeitbedingten Sorgen, die den Alten bedrücken mochten, ahnten wir nichts. Daß es im Haus keinen Vater gab, und man dieses Thema am besten ausklammerte, hatte ich sofort kapiert. Warum das so war, darüber verlor ich keine Gedanken. Die Welt der Erwachsenen lag noch auf einem anderen Stern. Ich war vollkommen Kind und nur in dieser eigenständigen Welt glücklich.

Selbst Jahre später, als ich um Herta freite, war mir der Gedanke an den Vater völlig gleichgültig. Ich hielt den Verschollenen für einen verabscheuungswürdigen Fahnenflüchtigen. Erst beim Schreiben befällt mich der Wunsch, ihm mehr Gerechtigkeit widerfahren zu lassen. Gesetzt den Fall, er war der Elternteil, von dem Herta den bisweilen betroffen machenden Reichtum an Phantasie geerbt hat, wie fehl am Platze muß sich dieser Mann im Hause des kühl kalkulierenden Kaufmanns gefühlt haben. Welche Leiden mögen der Trennung des Elternpaares vorausgegangen sein, welche subtilen Quälereien? Ob Herta viel davon zu spüren bekommen hat?

Jedenfalls ging es im Hause Steinbach nicht lebhafter zu als in meinem Elternhaus. Ich war weit und breit der einzige Besucher. Vielleicht, daß sich Hertas Mutter aus diesem Grund gerne zu uns setzte und sich unterhielt.

»Warst du schon mal in Cochem?« fragte sie mich.

Ich verneinte und berichtete, daß ich so gut wie noch nie aus Neuerburg herausgekommen sei.

»Wir fahren mal mit dem Auto hin, wenn das Wetter schön ist. Cochem ist ein zauberhaftes altes Städtchen, hat gewisse Ähnlichkeit mit Neuerburg.«

Steinbachs besaßen eines der ersten Autos in Neuerburg, einen Wanderer. Lederbezogene Sitze, ein schwarzes Klappdach. Zeichengeben mußte man durch Herausstrecken der Arme, auch die Hupe befand sich außerhalb des Wageninneren. Aber einen unverwüstlichen Motor besaß der Wagen. Der Großvater ließ sich öfter nach Koblenz kutschieren. Als Chauffeur fungierte ein technisch begabter Angestellter der Firma. Er mußte auch mit einem großen eisernen Schwengels den Wagen vor jeder Fahrt kraftzehrend ankurbeln.

Für mich würde es das höchste der Gefühle sein, eine Autofahrt nach Cochem. Während wir darüber sprachen, betrat das freundliche Hausmädchen Kättchen den Raum, mit frischen Vanillestangen auf einem Tablett.

»Falls Ihr nach Cochem fahrt, nehmt mich bitte mit, dann besuche ich meine Eltern in Büchel.«

»Ja«, sagte Frau Steinbach. »Ich sehe deine Mutter auch gerne wieder.«

Und dann erzählte sie vom »Mädemarkt« in Cochem, von dem Herta und ich nie zuvor etwas gehört hatten. Doch als Mutter Steinbach Näheres berichtete, von dem Gesindemarkt zu Michaeli, der ausschließlich für stellensuchende Weiblichkeit inszeniert wurde, warf Herta erbost ein: »Das war ja der reinste Sklavenmarkt, sich selbst zur Schau zu stellen und vom Meistbietenden anheuern zu lassen!« Doch Mutter und Kättchen lächelten nur.

»Man muß das aus den Gegebenheiten der damaligen Zeit heraus verstehen.« Frau Steinbach war als kleines Mädchen mit ihrer Mutter nach Cochem gereist. Hauptsächlich wollte die Mutter eine alte Freundin aus ihrer Pensionatszeit besuchen, aber auch nach einer geeigneten Haushilfe Ausschau halten. Bei dieser Gelegenheit verlor sie ein Taschentuch, welches Kättchens Mutter, damals ein junges Bauernmädchen, ihr mit freundlichem Gestus zurückbrachte. Großmutter Steinbach machte kurzerhand einen Vertrag per Handschlag mit Kättchens Mutter, und das Mädchen bekam einen Taler in die Hand gedrückt. Damit war ein rechtsgültiger Arbeitspakt geschlossen.

Es war für Arbeitsuchende sowie für Arbeitgebende der einfachste und erfolgreichste Weg, das Passende zu finden. Ja, also auf besagtem »Mädemarkt« hatten die Arbeitsuchenden ihren festen Platz vor der Pfarrkirche, was sicher kein Zufall war, sondern Schutz und Würde symbolisierte. Hier standen sie in kleinen Gruppen zusammen in ihrem besten Sonntagsstaat, mit langen, in der Taille gekräuselten Röcken und um die Schulter geschlungenen wollenen Umschlagtüchern.

Die jungen Mädchen, die sich zum ersten Mal verdingten, waren meist im Schutz einer älteren Verwandten gekommen. Man schwatzte zusammen, stand den Herrschaften Rede und Antwort, und war man handelseinig geworden, konnte man sich dem vergnüglichen Teil des Michaelismarktes zuwenden. Etwa ein paar Einkäufe tätigen, Seife, Band oder Spitze erwerben, oder man besuchte eine kleine Wirtschaft, konnte bei Bier, Wein oder Limonade mitgebrachte Brote verzehren. Oder man erfreute sich an Spiel und Gesang vom Harfen-Lißchen, einer bekannten Erscheinung auf den Märkten jener Tage.

Markttage waren gleichzeitig Festtage. Das Brüllen der Rinder und Quieken der Schweine war vom äußersten Ende der Marktkette her zu hören. Es folgte der Viktualienmarkt. Wie bescheiden war das Angebot an Obst und Gemüse, verglichen mit der heutigen Mannigfaltigkeit. Aber ganze Butterberge lagen bereit, zu appetitlichen länglichen Wekken geformt und in Kohlblätter gewickelt. Selbstsicher traten die städtischen Hausfrauen an den Stand, kratzten mit dem Fingernagel ein wenig von der Butter und prüften so ihre Frische.

Bis zum Ersten Weltkrieg trugen die Bauern aus der Eifel noch größtenteils ihre blauen, weiß verzierten Kittel. Alle hatten ihr dunkelgerauchtes Tonpfeifchen im Mund, das auch – sparsam wie man war –

nicht weggeworfen wurde, wenn der Stiel abgebrochen war. Das so verkürzte Instrument bekam allerdings einen besonderen Namen: Nasenwärmer oder Rotzkocher.

Ja, so war's, pflichtete Kättchen bei, aber nach dem Ersten Weltkrieg war's auch mit dem Cochemer Mädemarkt vorbei. Zeitungen verbreiteten sich, Arbeitsämter kamen auf und damit neue Möglichkeiten der Arbeitsvermittlung – obwohl die persönliche Empfehlung bis heute ihre Bedeutung behielt. So kamen, als Kättchens Mutter nach Büchel geheiratet hatte, drei ihrer Schwestern zu Steinbachs, und schließlich auch die Tochter. Eine neue Zeit hielt Einzug.

Apropos neue Zeit. Dazu fällt mir gerade eine Geschichte ein, die ich bisher vergessen oder auch erfolgreich verdrängt zu haben glaubte. Im Zusammenhang mit dem schrecklichen Todessturz von der Mauer unserer Burg läßt sie Herta in einem makaberen Licht erscheinen. Bei einem meiner letzten Kinderbesuche im Hause Steinbach, etwa 1932, spürte ich allenthalben eine ungewohnte Nervosität. Kättchen rannte mit einem Arm voll frischer Bettwäsche die Treppe hinauf, auf dem Podest standen Putzeimer und Besen.

Mutter Steinbach stöhnte, »Schrecklich. Gottlob bleibt sie nur eine Nacht.«

Schließlich flüsterte mir Herta mit steinerner Miene zu. »Fritzi kommt zu Besuch.«

»Wer ist Fritzi? Ich denke, es gibt bei euch nur den Onkel Fips?«

Jetzt mußte Herta lachen. »Du Dummer. Fritzi ist eine Dame. So eine ganz moderne, ziemlich verrückt. Großcousine von Mutter. Hat nach Berlin geheiratet, ist aber längst mit Erfolg geschieden. Überfällt uns ab und zu und macht Ärger. Na, du wirst selbst sehen. Sie erscheint gleich zum Tee.«

»Soll ich lieber gehen?« fragte ich unglücklich.

»Ach was, du bleibst. Wir verziehen uns auf den Speicher, sobald es geht ...«

Inzwischen hatte Frau Steinbach den Teetisch im Salon besonders schön gedeckt. Mit dem besten Porzellan, Blumen, Kerzen, Aschenbecher, alles in feinstem Silber. Kättchen war noch mit dem Herrichten des Gastzimmers beschäftigt, da fuhr draußen schon »unser Auto« vor. Der Chauffeur hatte Fritzi in Gerolstein am Bahnhof abgeholt.

Ich lief zum Fenster. Eine für das damalige Neuerburg tatsächlich etwas ungewöhnlich aufgemachte Dame entstieg dem Wanderer. Zunächst fielen mir die spitzen Spangenschuhe mit hohen Absätzen auf, dann sehr lange, dünne Beine. Sie trug nämlich einen kniekurzen Ledermantel, dazu einen hohen Lederhut mit kleiner Krempe, tief in die Stirn gezogen.

Als die etwas steife Begrüßung überstanden war, sie sich entblättert hatte, und wir zu viert um den Teetisch saßen, konnte ich in Ruhe weitere Beobachtungen anstellen. Ein dunkelviolettes, schmales Samtkleid umhüllte die knochige Gestalt. Vor dem tiefen Ausschnitt baumelten zahlreiche lange Ketten und der Gürtel war auf Hüfthöhe verrutscht. Seine Schließe bestand aus zwei schnäbelnden Schwänen, aufwendig aus Opalen oder sonstigem matten Gestein zusammengefügt. Ein ähnliches Motiv, eng anliegend wie ein Hundeband, umschloß den welken Hals. An den Ohren schaukelten zwei Anhänger, Katzen mit glitzernden Augen.

Das kann ja heiter werden, dachte ich. Da kniff sie schon Herta in die blasse Wange und flötete: »Na, Fräulein, immer noch so blutarm?«

»Au!« stöhnte Herta und entzog sich böse.

»Du solltest mal ein bißchen mehr Sport treiben. Da gibt es jetzt in Berlin eine ganz neue Richtung. Mädels in Gruppen, die zusammen marschieren, ins Lager gehen. Das täte auch unserem Fräulein Zimperliese nicht schaden.«

Hiermit bückte sie sich, kramte in ihrem Handgepäck und zog ein längliches Päckchen hervor. »Das ist für dich.«

»Danke«, sagte Herta freudlos und wickelte es aus. Eine ziemlich große Schildkrötpuppe kam zum Vorschein – als Besonderheit mit einem blauen Faltenrock und einer häßlich-gelben Kletterweste bekleidet. Um den Hals war ein schwarzes Dreiecktuch geknotet.

»Aber das ist ja ...«, stammelte Herta verwirrt.

»Jawoll, das ist die neue Zeit«, triumphierte Fritzi. »Ihr solltet mal in Berlin dabei sein, wenn die Braunhemden aufmarschieren. Diese Disziplin. Bald hat's ein Ende mit den roten Krawallen.«

Ich sah, daß sowohl Herta als auch ihre Mutter haßerfüllt auf Fritzi blickten. Die aber zog eine lange Zigarettenspitze, Meerschaum mit Silber, aus ihrem Beutel hervor, dazu die nötigen Utensilien und begann ungeniert und lässig zu paffen.

»Komm wir gehen«, Herta zog mich am Ärmel.

»Ja, das Jungvolk zieht nun besser ins Freie. Da kann ich in Ruhe mit meiner lieben Berta über die anbrechende Ära plauschen. Es ist wirklich an der Zeit, daß sich auch in Neuerburg was tut.«

»Ich hasse sie«, knurrte Herta, kaum daß wir die Tür hinter uns geschlossen hatten. »Ich könnte sie umbringen, und ebenso die scheußliche Puppe.«

»Zieh ihr andere Kleider an, dann ist sie ein harmloses Spielzeug.«

»Nein, ich tue ganz was anderes«, brummte Herta. »Komm mit.« Sie lief den altbekannten Weg über Stiegen und Gänge zu dem bekiesten Flachdach vor dem Speicher. Dort machte sie halt, setzte die »Jungvolkpuppe« auf die äußerste Kante des kleinen Gesimses, das die Dachfläche abschloß. Hierauf suchte sie einen größeren Kieselstein und warf ihn mit eisiger Miene nach der Puppe. Sie traf krachend, und das ungeliebte Puppenkind fiel mit leichtem Aufklatsch auf den steingepflasterten Hof. »Das arme Püppchen«, rief ich erschrocken. »Du hättest es auch einfach in den Mülleimer stecken können.«

»Das wäre zu simpel gewesen«, flüsterte Herta. In diesem Augenblick erschien sie mir unheimlich.

Im Zusammenhang mit dem Todessturz auf der Burg steht jene Episode wieder klar vor meinem geistigen Auge. Nachträglich kommt es mir fast vor wie ein Ritualmord, denn vier Wochen später erfuhren wir, daß Fritzi bei einem Verkehrsunfall ums Leben gekommen war.

Damals hatten wir den unangenehmen Zwischenfall schnell vergessen.

Schuljahre

Unsere glückliche Zeit ging zu Ende. Vier Jahre hat sie gedauert, wie jedes wahre Glück viel zu kurz. Herta wurde für das Gymnasium Bonn-Pützchen angemeldet und passend ausstaffiert. Mir vertraute sie an, daß sie sich davor fürchte. Sie war kein Mädchen, das leicht Kontakte knüpfte. Und mir war ähnlich zumute. Zwar hatte ich im Gegensatz zu Herta kein überaus behagliches Elternhaus zu verlieren. Doch mein eigenes kleines Stübchen, inzwischen mit einem Gasofen ausgestattet, und meine vielen Bücher bedeuteten für mich ein geliebtes Refugium. Mutters jüngere Schwester in Aach hatte sich bereiterklärt, mich gegen ein geringes Kostgeld und gelegentliche Hilfe in Haus und Hof – wovor mir grauste – aufzunehmen. Alles wäre für meine Eltern viel einfacher und preisgünstiger gewesen, hätte ich akzeptiert, eines der bischöflichen Konvikte in Prüm oder Trier zu besuchen. Doch dagegen wehrte ich mich mit ungewohnter Energie. Ich hatte keinesfalls die Absicht »uff Heer« zu studieren, Geistlicher zu werden. Ein kleines Stipendium fand sich schließlich doch noch für den Schulbesuch auf dem Friedrich-Wilhelm-Gymnasium in Trier. An dieser Schulwahl trug unser Herr Dechant, Mutters ehemaliger Brötchengeber Schuld. Es war eine vollkommen verfehlte Wahl. Mein ganzes Sinnen und Trachten lief auf das Studium der Architektur hinaus. Über Baugeschichte hatte ich mir mittlerweile mehr Wissen angelesen, als mancher Student bei der Abschlußprüfung besitzt. Was sollte mir das Studium von Latein und Griechisch? Naturwisssenschaften hätten mir gelegen. Und so kam es, wie es zu erwarten war. Obwohl zäh und von eisernem Durchhaltewillen beseelt, wurde mir nun die Schule eine Last. Dazu kam der mühselige tägliche Schulweg von Aach zum Friedrich Wilhelm-Gymnasium. Die Tante nutzte meine kindliche Arbeitskraft über Gebühr aus, ich fühlte mich müde und überfordert. Dabei gefiel es mir im Gymnasium eigentlich sehr gut.

Es herrschte, nicht anders als ich es von meinem Elternhaus her kannte, eine ausgesprochene Anti-Nazistimmung. Es gab zwei Brüder Kees im Lehrerkollegium, den Prälaten und den Proleten. Letzterer war mein Klassenlehrer. Er machte aus seiner Gesinnung kein Geheimnis. Manch gefährlich-kritische Bemerkung fiel im Laufe einer Unterrichtsstunde, daß mir oft angst und bange um ihn wurde, aber es gab keinen Judas in der Klasse. Ein junger Luxemburger war mit von der Partie. Beim Eintritt ins Klassenzimmer grüßte Kees mit einem wegwerfenden »Heil Hitler«, und an den Luxemburger gewandt, »für dich mein Sohn: Guten Tag.« Nach Ausbruch des Krieges und der Einvernehmung Luxemburgs, änderte er seine Begrüßung in »mein Sohn, auch für dich nun: Heil Hitler«. Ein Gutes hatte mein Umzug nach Aach-Trier gebracht: Ich war der HJ, der Hitlerjugend, entkommen. Schlichtweg vergessen hatten sie mich. In Neuerburg wäre es mir unmöglich gewesen, diesem unerträglichen Verein zu entgehen. Für mich unsportlichen Knaben bedeutete das Vereinsleben eine wahre Schinderei, eine geistige Hölle. Hertas Großvater hingegen hatte es geschafft, das zarte Kind dem Zugriff der HJ bzw. der Jungmädelschar zu entziehen. Daß ihm das schier Unmögliche gelingen konnte, verdankte er dem großen Einfluß und der wirtschaftlichen Stärke, die das Haus Steinbach Anfang der Dreißiger noch besaß. Doch das blieb nicht so.

Einen richtigen Freund fand ich auch auf der neuen Schule nicht. Mein mickriges Taschengeld erlaubte mir, rein gar nichts mitzumachen. Dafür erlebte ich andere Wonnen. Die Stadt Trier wurde mir zu einem einzigartigen Erlebnis. Von Grund auf studierte, besuchte und untersuchte ich zunächst alle römischen Spuren, und davon waren ja reichlich vorhanden. Über die knappen Zeugen aus fränkischer Zeit kam ich zur Romanik. Der Dom von außen und auch der Innenraum benahmen mir fast den Atem. Die Liebfrauenkirche – ein Zentralbau in der Gotik! Und anschließend all die barocke Pracht an Kirchen und Palästen. Die Bürgerhäuser der Stadt waren damals zumeist mit grauem Zementputz verkleistert, und doch gab es Interessantes zu entdecken. Um ehrlich zu sein: Es war nicht nur der mühsame Schulweg und die

Arbeit bei der Tante, die mich von den griechischen Vokabeln fernhielten, die Stadt hatte mich völlig in ihren Bann geschlagen.

Auch über Aach habe ich Bemerkenswertes gelernt, und seine Entwicklung später genau verfolgt. Ehedem eine freie Reichsherrschaft, stand der Ort unter der Oberhoheit der Äbtissin von Irminen. Sie war den Kindern Israels wohlgesonnen, und als im Jahre 1583 Kurfürst Johann von Schönborn mal wieder die Juden aus Trier vertrieb, gestattete die »hohe Frau« deren Niederlassung in Aach – gewiß nicht zu ihrem Schaden. Hier konnten sie, die Juden, bis 1933 ungestört ihrer Religion, ihrem Handel und Wandel nachgehen, die schöne Synagoge bauen und einen eigenen Friedhof pflegen. Im Jahr 1830 wohnten im Kreis Trier ca. 430 Menschen mosaischen Glaubens, ein Fünftel davon in Aach. Rund hundert Jahre später waren noch acht jüdische Familien dort ansässig. Dem NS-Druck folgend wanderten fünf davon beizeiten nach Amerika aus, 1942 wurden zwei Familien in den Osten verschleppt, der kriegsversehrte Inhaber des Eisernen Kreuzes aus dem Ersten Weltkrieg, Josef Salomon, behielt vorerst sein Heimatrecht. Doch am 16.3.1943 ereilte auch den versehrten Kämpfer für ein undankbares Vaterland das schreckliche Schicksal der Verschickung in den Tod. Ein verbrecherisches Regime trieb ihn samt seinen Angehörigen in die Vernichtungslager. Der alte Schullehrer von Aach hat in einem, zu jener Zeit nicht gefahrlos zu verfassenden Manuskript diese geschichtlichen Fakten und seine Gedanken dazu niedergelegt. Er schrieb, daß die Juden es verstanden, sich der Dorfgemeinschaft anzupassen. Sie nahmen teil an Freud und Leid der Bewohner, doch fand eine Vermischung nicht statt. Sie mieden Zank und Streit, griffen dagegen, wo nötig, mit ihrem Geld helfend ein.

Weiter schreibt der Chronist: Nach mehr als 40 Jahren meines Lebens in Aach muß ich sagen, daß die jüngere Generation der Semiten zu meinen besten und dankbarsten Schülern gehörte. Im 1. Weltkrieg standen 100 % der Wehrpflichtigen an der Front, drei aus Aach starben den Heldentod. So ist es zu verstehen, daß sich die Dorfbewohner nicht an den Ausschreitungen gegen ihre Mitbürger beteiligen wollten.

In der Reichskristallnacht – einer Strafaktion wegen der Ermordung des Gesandten vom Rath – mußten zwei Sturmkommandos aus Trier herbeigeholt werden. Aus Aach bot niemand die Hand zu den geplanten Verwüstungen. Zertrümmerte Türen, eingeschlagene Fenster und Zerstörung in den Häusern. Die heiligen Schriftrollen landeten in Fetzen im Strassenkot. Der in der Synagoge gelegte Brand konnte rasch gelöscht werden, ehe er größeren Schaden angerichtet hatte, so daß das schöne Kultgebäude heute noch in der Ortsmitte erkennbar als ehemaliges Gotteshaus steht. Allerdings hat man es durch Einziehen von Geschoßdecken und anderen Veränderungen zu Wohnungen umgenutzt. Schön wäre es, die alte Synagoge als Gedenkstätte wieder herzurichten. Der jüdische Friedhof, erst 1930 unter Mithilfe der Gemeinde erweitert und instand gesetzt, blieb bis 1942 unangetastet. Dann allerdings fiel er dem Zerstörungswerk von Judenhassern aus umliegenden Gemeinden zum Opfer. In Aach empfanden die Menschen diese Pietätlosigkeit als eine Schande.

Nach dem Zweiten Weltkrieg haben einige nach USA Ausgewanderte früh Kontakte zu ihrer alten Heimat geknüpft. Zunächst flogen Briefe über den großen Teich, dann kamen die ersten Besucher. Es hatte sich in einem ehemals jüdischen Besitz eine vergrabene Schmuckschatulle gefunden, die bei einer solchen Gelegenheit wohlbehalten der Tochter der Besitzerin übergeben werden konnte.

Doch ich bin mit meinem Bericht über die Juden in Aach – um ihn nicht aus dem Zusammenhang zu reißen – meiner Zeit weit vorausgeeilt.

Als ich im Jahre 1933 nach Aach zog, war die Welt hier noch einigermaßen in Ordnung. Die jüdischen Familien bewohnten die schönsten und ordentlichsten Häuser. Zumeist waren es Viehhändler, die aber auch Pelze und Felle in ihrem Angebot führten. 1937 wurde ihnen die Handelserlaubnis entzogen, desgleichen dem kleinen Kolonialwarenladen und der gut geführten und vielbesuchten Gastwirtschaft. Zu letzterer hatte ich oft im Auftrag meiner Verwandten, die einen kleinen Bauernhof bewirtschafteten, Eier, Milch und frisches Gemüse zu bringen, was immer prompt bezahlt wurde. Für mich fiel stets etwas Süßes, bisweilen ein herzhafter Rest aus der Gaststätte ab. Oder ein paar Groschen, was mir eigentlich das Liebste war. Geführt wurde der Betrieb von drei Geschwistern: einem Bruder mit seiner jungen Frau und zwei unverheirateten, extrem häßlichen, jedoch äußerst freundlichen Schwestern. Sie sollten in meinem späteren Leben eine verhängnisvolle Rolle spielen. In meinem kargen Schülerleben bedeuteten sie für mich Spenderinnen von Wohltaten. Sie besaßen als einzige den Weitblick, so zeitig auszuwandern, daß sie ihren gesamten Besitz veräußern und den erzielten Gewinn mitnehmen konnten. Ab 1938 verwehrte man den Juden dieses Recht.

Zurück zum Dorfleben jener Zeit. Es war ein karges Leben, das der einfachen Bauern. Kaum Installation in den Häusern, mit Ausnahme der Küchen. Man wusch sich am Brunnen oder in kleinen Waschschüsseln, von denen im Winter die Eisdecke abzuschlagen war. WC im Haus – ein unbekannter Luxus. Man benutzte den Abtritt, ein Holzhäuschen über dem Misthaufen, erreichbar über ein Brett.

Ich stellte mich so weit wie möglich auf die ordentliche Toilette des Gymnasiums ein. Meine größte Sorge war, immer frisch und sauber in der Schule zu erscheinen. Für einen kleinen Jungen, der in der Fremde sozusagen allein dafür verantwortlich zeichnete, bedeutet dies keine Selbstverständlichkeit. Wenn ich meist erst abends nach Aach heimkehrte (für den Tag hatte ich dünn belegte Brote dabei), bestand meine erste Handlung darin, sofort die Schulkleider abzulegen, aufzuhängen, nach eventuellen Flecken zu suchen und diese zu entfernen. Ich bewohnte eine kleine, weder heizbare, noch isolierte Dachkammer.

Meine Garderobe war denkbar bescheiden. Meinen Eltern hatte ich bockig fordernd erklärt: »Ich will net immer nur Buxe von Buxe, ich will auch emol en Bux aus Stoff!« – Ich wollte nicht mehr Vaters abgetragene Hosen, die für mich umgearbeitet wurden. Und so bekam ich ein im Trend der Zeit liegendes modisches Kleidungsstück: Knickerbockerhose mit Sportjakett einschließlich Gürtelspange. Mutter hatte mir einen schönen grauen Pulli gestrickt, und – worüber ich mich besonders freute – Herta überreichte mir zum Abschied zwei wirklich gute Hemden. Die hatte ihre Mutter für mich besorgt, wohlwissend um meine Nöte. Als Herta mich das erste Mal in meiner neuen Garderobe sah, benahm sie sich recht taktlos, verzog ihr Gesicht zu einer spöttischen Grimasse. Nun ja, der neue Anzug war, wie früher üblich, auf Zuwachs gekauft worden. Doch gerade die Knickerbockerhosen konnte man durch Aufpuschen über dem Kniebund für viele Größen passend machen. Je länger die Beine wurden, um so straffer saß die Hose. Ich bin rasch hineingewachsen.

Daneben besaß ich für den Hausgebrauch einige alte Klamotten.

Eines muß ich lobend erwähnen. Nie wurde ich, wie befürchtet, von meinen Klassenkameraden wegen meiner bescheidenen Ausstaffierung gehänselt. Meine Kenntnisse in vielen Lehrstoffen – das eifrige Lesen zahlte sich nun aus – ersparten mir Unterlegenheitsgefühle.

Nach Neuerburg fuhr ich erst in den großen Ferien, galt es doch, eine weite und teure Eisenbahnfahrt zurückzulegen, und die mußte sich lohnen. Einer meiner ersten Besuche galt dem Hause Steinbach, genauer gesagt: Herta. Ich konnte es kaum erwarten, bis ich mit ihr allein auf dem Möbelspeicher gelandet war. Es gab kürzere Wege dorthin, als der, den sie mich bisher geführt hatte. Sie hatte es bewußt spannend machen wollen, das kleine Biest. Sie fühlte sich im Pensionat ähnlich unglücklich, wie ich mich in Aach.

»Die Mädchen reden so viel dämliches Zeug und ich möchte auch mal für mich allein sein.« Dazu hatte ich wiederum reichlich Gelegenheit.

»Was willst du mal werden?« erkundigte sie sich angelegentlich.

»Ich möchte das Abitur machen, dann studieren und später schöne Sachen bauen. Und du?«

»Ich weiß noch nicht recht, etwas mit Kunst am liebsten«, kam die zögernde Antwort und dann fast scheu, »oder wollen wir heiraten?«

Mir stand vor wonniger Überraschung fast das Herz still. »Wenn du meinst –, dann müssen wir uns aber jetzt einen Kuß geben. Mach du das!«

Zitternd näherte Herta ihr Rosenmündchen meinem Gesicht. Auch sie war sich über die Bedeutung des Augenblicks im klaren. Ich ergriff herzhaft ihren Kopf und wir preßten Mund an Mund. Es war wundervoll, dennoch hatte ich mir mehr davon versprochen. Hinterher wollte keine rechte Spielstimmung mehr aufkommen. Wir waren verlegen, und leider blieb das so. Das Gefühl der Betretenheit steigerte sich sogar bei meinen folgenden Neuerburg-Besuchen. Hatten wir mit dem unschuldigen Kuß etwas zerstört, ich weiß es nicht. Weiß nicht, wie es ohne die zärtliche Berührung weitergegangen wäre. Ich bekam es deutlich zu spüren: Herta wollte keinesfalls eine Fortsetzung oder gar Steigerung von Intimitäten.

Wenn wir uns in den darauffolgenden Jahren zufällig in der Stadt trafen – meine Besuche im Hause Steinbach hatte ich eingestellt –, blickte sie weg, ging rasch an mir vorbei. Es tat weh. Aber in meinem Alter hat ein Junge auch anderes im Sinn als eine Mädchenfreundschaft.

Erst nach Jahren, ich mochte inzwischen etwa fünfzehn geworden sein, traf ich auf einem Stadtbummel über den Markt Hertas Mutter. Ich grüßte höflich, und sie sprach mich an: »Man kriegt dich ja gar nicht mehr zu sehen. Komm doch morgen zum Tee zu uns. Ich vermisse dich richtig.« Über ihr entsagungsbereites Gesicht lief ein verhuschtes Lächeln.

Und ich war wieder der glücklichste Mensch von Neuerburg. Doch der folgende Tag in ihrem Haus machte mir zum ersten Mal den zerfallenden Pomp der herrschaftlichen Villa deutlich: zerschlissene Teppiche und Polsterbezüge, geflickte Stores, angestoßenes Geschirr, bröckelnder Stuck.

Als ich Herta nach der langen Zeit endlich wiedersah, tat das Herz einige raschere Schläge, und die Knie wurden breiig. Das Mädchen war groß und kräftiger geworden und noch leuchtender. Das rührte gewiß von ihrem ginstergelben Haar her, das sie nun schulterlang trug, »Eifelgold in Person«. Gegen ihre feine Bluse drängten die knospenden Zwillingshügel, und meine scheue Kinderliebe schlug jäh in heftiges Begehren um.

Herta und ich benahmen uns linkisch. So lange die Mutter anwesend war und die Unterhaltung führte, ging es noch an. Sie berichtete aufgeregt von zeitgemäßem Unheil. Eine ihrer Pensionatsfreundinnen war mit unbekanntem Ziel gen Osten verschleppt worden, zusammen mit einer ganzen Gruppe Betroffener. Frau Steinbach lief sichtlich erschüttert zur Tür. Kaum hatte sie den Raum verlassen, wurde Herta biestig. Hatte sie meinen tastenden Blick bemerkt?

»Hast Du gehört, die Judenfriedhöfe haben sie zerstört, die Gräber geschändet, diese Nazischweine. Ich hab' es mir angeschaut, im Nachbarort ein einziges Trümmerfeld. Warst du schon nachsehn?« Ich verneinte kleinlaut, und sie bohrte weiter: »Nun sag schon deine Meinung, ich weiß doch, wie ihr daheim denkt. Äußere dich zu diesen Ungeheuerlichkeiten und sei kein Feigling.« Hertas Offenheit war gefährlich, sie trug womöglich auch bei anderen Leuten ihr Herz auf der Zunge. Mir war klar, ich durfte meinen Eltern zu ihrer Lebensmühsal nicht noch weiteres Ungemach aufladen. Ich schwieg. Herta wurde richtig wütend. »Wenn du zu feige bist, bei mir, der du doch vertrauen kannst, deine Meinung zu sagen, dann gehst du besser. Also Tschüß!«

Ich war entlassen und verließ kleinlaut und unglücklich das Haus. Das hatten wir schon einmal, diese Situation, oder jedenfalls ganz ähnlich, ging es mir durch den bedrückten Sinn.

Der nächste Tag brachte mich wieder nach Trier, zur Schule und es galt das tägliche Lernpensum zu bewältigen. Wie gut, daß es einen Raum für Auswärtige gab, wo ich in Ruhe meine Hausaufgaben erledigen konnte. So fand ich hin und wieder eine Gelegenheit, ältere Schüler um eine kleine Nachhilfe zu bitten. Hängengeblieben bin ich nie, doch die Fremdsprachen bereiteten mir viel Kopfzerbrechen. Auch über meine Zukunft begann ich mir Sorgen zu machen. Würde ich bis zum Abitur durchhalten? Immer mehr hatte ich am Abend für die Tante zu erledigen, und das alles für diese elendige, winters eiskalte und sommers glutheiße Kammer. Ich begann, mich systematisch nach anderen Möglichkeiten in der Stadt umzuhören. Da gab es die Ingenieurschule am Paulusplatz.

Früher berechtigte das sogenannte Einjährige zum Besuch der Ingenieurschule. Zwar bestand damals schon die Möglichkeit, mit sehr guten Abgangsnoten von der Ingenieurschule auf eine Technische Hochschule oder Technische Universität überzuwechseln. Letzteren Bildungsgang zog ich jedoch zu jener Zeit für mich nicht mehr in Betracht. Mich lockte ein schnellerer, leichterer Abschluß. Meine ewigen Geldnöte machten mir das Leben recht sauer. Besuchte ich die Ingenieurschule in Trier, konnte ich im Kolpinghaus wohnen. Ich sprach mit dem Leiter des Hauses. Wenn ich in der Verwaltung tätig werden könnte, entfiele das Wohngeld. Ich war durch Vaters Anleitung perfekt in einfacher Buchführung, dazu sauber und gewissenhaft. Man war mit meinen Fähigkeiten zufrieden. Nach ordentlich bestandenem Einjährigen wechselte ich ohne Bedauern zum Ingenieurstudium über. Später habe ich oft gedacht: Warum hat nicht einer meiner Lehrer mit mir diesen Schritt überlegt? Mit Fleiß und Geduld hätte ich es auch bis zum Abitur gebracht, um dann in Aachen Architektur studieren zu können. Bei meinen Eltern rannte ich offene Türen ein, sie hatten nie viel auf meine hochfliegenden Pläne gegeben. Aber wie sollte ich ganz allein auf mich gestellt, ohne jede Rückendeckung, alle anstehenden Schwierigkeiten bewältigen? In Aach bedauerte man meinen Auszug. Finanziell blieb meine Lage ähnlich wie vorher, nur die langen Wege entfielen. Ich fand – trotz der Nebentätigkeit – mehr Zeit für mich und mein Studium. Vor allem hatte sich die Wohnqualität entscheidend verbessert. Das Ingenieurstudium machte mir Freude, die Lehrer, zum Beispiel Baurat Lony, lehrten mich zusätzlich, die anfallende Materie zu lieben. Ich hatte das Fach »Hochbau« gewählt, hantierte gerne mit Reißschiene, Dreieck, Maßstab und Zirkel. Vor allem arbeitete ich sauber und exakt.

Onkel Fips

Bevor ich nun von Onkel Fips berichte – was in der Zeitabfolge dringend geboten scheint –, will ich ein paar Gedanken zur geographischen Lage der Eifel vorschicken. Sie gehören zu dem bedeutenden Eifelmaler, den Onkel Fips verkörperte, schlichtweg dazu. Ortsfremde könnten glauben, die Eifel, die so glatt von Rhein, Mosel, Sauer, Our und im Norden vom Bergischen Land umgrenzt wird, sei ein einheitlicher Block.

Wer sie durchforscht, erlebt eine beglückende Mannigfaltigkeit der Landschaften. Am bekanntesten könnte die Vulkaneifel sein, mit ihren abgrundtiefen Maaren. Herta fand ihre eigene Erklärung für sie: Als die himmlischen Heerscharen zur Abwehr der Dämonen zur Erde brausten, bohrten sich ihre Schwertspitzen tief ins Erdreich. Regen und Grundwasser beeilten sich, die entstandenen Trichter zu füllen, auf daß ihr Spiegelbild noch lange einen Schimmer der Cherubim festhalten möge. Es scheint gelungen. Nach dem Glauben unserer Altvorderen drängten die Dämonen vom Westen heran, wohingegen das Heil aus dem Osten komme. »Ex oriente lux«, daher auch die geosteten Kirchen der Christen. Besonders bei den großen alten Gotteshäusern – wie in Trier der Dom oder St. Matthias, in Münstermaifeld, Worms und vielen anderen Städten – finden wir eine fast bollwerkartige Verstärkung der Westfassade. Das sogenannte »Westwerk« ist flankiert von zwei Türmen links und rechts, welche die Erzengel St. Michael und St. Gabriel versinnbildlichen, bereit zur Abwehr der anbrandenden Dämonen. Herta, der ich diesen Symbolismus erläuterte, erklärte daraufhin die gesamte Eifel zum Westwerk, ein Schutzwall gegen Böses. Und anstatt in Türmen seien die himmlischen Streiter eben in den Maaren zu finden, zumindest ihr Spiegelbild.

An die Vulkaneifel schließt sich die Schneifel oder Schnee-Eifel mit dem Hohen Venn an, eine rauhe, und wie der Name verspricht, schneereiche Region. Im Süden liegt die felsbestückte, landschaftlich besonders reizvolle Region der Südeifel, die nach Westen zu nahtlos in die »Luxemburger Schweiz« übergeht.

Hier, fast an der Landesgrenze ist Neuerburg zu finden. Im Osten, zum Rhein, setzte die Hohe Acht und der Tuffsteinabbau noch einmal besondere Akzente. Aber nicht nur die Landschaft der Südeifel geht nahtlos ins Luxemburgische über, auch die Geschichte des Neuerburger Raumes ist eng mit der Geschichte des Nachbarlandes verknüpft. Bis zum Wiener Kongreß gehörten große Teile des Raumes zu Luxemburg.

Nach dem Verfall der »Fränkischen Gauverfassung« um das Jahr 1000 bildeten sich neue Graf- bzw. Herrschaften. Die Neuerburger und die Herren von Vianden hatten das Sagen. Unser Raum ist ur-europäischer historischer Boden. Über die Bronzezeit reichen erste Siedlungsfunde bis in die Steinzeit. Nach den Kelten besiedelten die Römer den Raum – bis zur Herrschaft der Franken. So wurden auch die Landes- und Zollgrenzen zwischen unseren Ländern nie so bitterernst genommen: Heiraten hin und her, Einkäufe hüben und drüben. Eine etwas unbotmäßige Geschichte hat mir ein grenznaher Gastwirt berichtet. Im Rahmen des Erlaubten fuhr er nach Kriegsende oft zum Einkauf in das mit feiner Ware bestens ausgestattete Ländchen. Die Zöllner auf beiden Seiten kannten ihn bald und ließen ihn mit freundlichem Grüßen ungehindert seiner Wege ziehen. Einmal, es war spät geworden, Echternacher Freunde hatten zu einem kleinen Imbiß geladen, hielt der Luxemburger Zöllner unseren Wirt unerwartet an. Beklommen entstieg der nächtliche Passant seinem Wagen – man kann ja nie wissen, wer hat beim Zoll schon ein reines Gewissen? – und fragte, was heute denn los sei. Auch der Zöllner war sich seiner Sache nicht sicher. Verlegen fragte er, ob sein alter Freund vielleicht die »bonité« habe, ihn mal für ein Stündchen zu »representeiren«. Er müsse unbedingt nach seiner kranken Frau sehen. Man sprach sowieso den gleichen Dialekt, viel Verkehr war zu der späten Stunde in der abgelegenen Örtlichkeit nicht zu erwarten. Sie einigten sich rasch, die Dienstmütze wechselte das Haupt und die Sache ging in Ordnung. Bis zum heutigen Tag dürfte sicher keiner davon etwas bemerkt haben.

Eher makaber ist eine Anekdote, die eine ähnlich lockere Grenzbegebenheit berichtet. Die Luxemburger Grenzer fanden nahe ihres Zollbaums einen Erhängten. Es war Samstagabend, Ende ihrer Dienstzeit, was sollte man sich da lange mit dem Selbstmörder abplagen, der ganze Schriftkram würde Stunden verschlingen. Kurz entschlossen hievte man also den Toten ein Stück über die deutsche Grenze. Bald darauf hörten die Luxemburger, daß die Deutschen einen letzten Kontrollgang machten und auf den Erhängten stießen. Mit empörtem Schimpfen registrierten sie: »Verflixt nomol, da hängt der Sack jo als widder!«

Doch nun zu Onkel Fips, der als Maler diese Regionen in schönen kräftigen Farben schilderte. Zum Zeitpunkt meines neuen Lebensabschnittes trat er in Hertas Leben, kehrte in unsere Stadt zurück mit einem gewissen Ruf, errang Wohn- und Arbeitsrecht im Hexenturm, stattete selbigen genüßlich aus und legte behutsam und kenntnisreich den hängenden Garten zu seinen Füßen an, der ohne Zutun des Meisters Jahr für Jahr in einem stummen sanften Feuerwerk von Farben explodierte.

Es ist an der Zeit, mehr von Fips zu berichten, bzw. von Philipp, wie er eigentlich richtig hieß. Er war das schwarze Schaf der angesehenen Familie Steinbach, Hertas einziger Verwandter, der Bruder ihrer Mutter. Leider blieb er nicht das einzige schwarze Schaf, Hertas Vater gesellte sich dazu, als er sich nach kurzen Ehejahren von der ehrbaren Familie absetzte. Nie fiel der Name des Vaters, nie habe ich ein Bild von ihm gesehen. Herta und ihre Mutter hatten nach seinem Weggang wieder den Namen Steinbach angenommen. Seine Flucht ins Dunkel konnte man als geglückt bezeichnen.

Bei Philipp war das anders. Der wollte lediglich sein von ihm selbst hoch veranschlagtes Dasein voll und ungestört von den großbürgerlichen Vorstellungen des Elternhauses ausleben. An Absetzen oder Untertauchen dachte er nicht. Er liebte niemand außer sich selbst – mit einer Ausnahme. Das war das Mädchen Herta. Er überschüttete das kapriziöse, unfertige Wesen mit seinen maßlosen, unsortierten Gefühlen. Gefühle, die Zeit seines Lebens keinen aufnahmebereiteren Adressaten finden sollten. Herta kommandierte, oder wie sie es darstellte, äußerte ihre Wünsche – und der verliebte Onkel gehorchte. Er hat dem kleinen Tyrannen, der von Geburt an in Herta steckte, zusätzlich die Muskeln gestählt.

Philipp war eben ein eigenwilliger schillernder Charakter. Die gleiche Eigenschaft, die alle Steinbachs kennzeichnete, zumindest diejenigen, die kennenzulernen ich die Ehre hatte, war auch ihm in hohem Maße eigen. Stur und starr ein Leben lang an dem festzuhalten, das sie sich einmal in den Kopf gesetzt hatten. Fips wollte Maler werden, eisern. Sein Vater, Hertas Großvater, gedachte, ihn ins elterliche Geschäft zu zwingen, genauso eisern entschlossen. Kaufmann sollte er werden, wie seine Vorfahren. Den altehrwürdigen Familienbetrieb weiterführen. Fips, wie er sich selbst zum Verdruß der Familie nannte, ging dennoch auf die Kunstakademie nach München. Zunächst mußte er dort äußerst kläglich leben. Später ging es flotter, als seine Bilder anfingen, den Geschmack der Zeit zu treffen – oder besser den der Herren dieser Zeit.

Fips hatte jedenfalls das kümmerliche Künstlerleben satt und malte ab einem gewissen Zeitpunkt ohne jede Hemmung die sogenannten »Blut- und Bodenbilder«. Wahre Schinken, die wir auch in Neuerburg zu sehen bekamen. So kehrte er in unsere Stadt zurück, bekannt und geachtet, besonders bei den »Braunen«. Vor allem war er finanziell flüssig geworden. Er brachte es fertig, daß ihm die Stadt den verfallenden Hexenturm als Domizil zuwies. Lebenslänglich zur Nutzung. Mit Geschick und einem immensen Ideenreichtum ließ er das alte Bollwerk exquisit und wohnlich ausbauen. Das überwölbte Erdgeschoß diente als Ausstellungs-und Verkaufsraum, zusammen mit dem wehenden Garten auf dem Wall eine interessante Attraktion.

Philipp, der den Ersten Weltkrieg unbeschadet überstanden hatte, mußte im Zweiten früh auf die Liste der Verschollenen gesetzt werden. Der ausgebaute Turm wurde teilweise zerstört, zum wievielten Male wohl? Nur wenige Bilder des Malers blieben erhalten. Die Nachwelt wird es verschmerzen – meine Herta nicht. Sie hat mir von Gemälden erzählt, die außer ihr niemand zu Gesicht bekam, gefährliche Bilder damals, verbotene Kunst. Bilder, die man versteckt halten mußte. Vielleicht hatte Herta recht mit ihrer Trauer um die unbekannten Werke, Gefangene des Turms, die nie das Licht der Welt erblicken konnten. Herta berichtete voll Stolz, Fips habe auch der Berliner Sezession »Der Blaue Reiter« nahegestanden.

»Kannst du dir darunter was vorstellen?« fragte sie mich überheblich. Ohne Kommentar schnurrte ich sofort einige mir bekannte Namen herunter. Es waren die Hauptvertreter dieser Kunstrichtung des Impressionismus – Kandinsky, Kirchner, Klee, Gabriele Münter –, und Herta gab sich zufrieden.

»Vermagst du dir vorzustellen, was es für jemanden bedeutet, der die herrlichsten Werke hervorzaubern kann, diese aber versteckt halten muß, um seinen Kitsch aus ›Essig und Öl‹ unters Volk zu bringen?«

»Andere haben das nicht gemacht«, antwortete ich erbarmungslos.

Herta reagierte wütend. Die gängigen Bilder habe Fips mit blutendem Herzen gemalt, um überleben zu können. Oder sagen wir mal, um ein bißchen flott, seiner Art gemäß, leben zu können. »Ich weiß nicht, wo all die vielen Werke hingekommen sind«, jammerte Herta. »Der Onkel war sehr fleißig, getrieben von seinem Schaffensdrang. Ob sie irgendwo im Hexenturm stecken, eingemauert? Irgendwann werde ich sie finden, du wirst es erleben.«

In seinem Elternhaus durften Philipps Bilder niemals Einzug halten. Wie man im Städtchen erzählte, muß Fips sich in seiner Jugend gern mit zwielichtigen Personen eingelassen haben. Eine feste Bindung kam jedenfalls für ihn nicht in Frage. Kein Wunder, daß der Überhang an unverbrauchten Gefühlen das Mädchen Herta ein wenig lähmte, erdrückte, sie unfähig machte, in einer später geschlossenen Ehe selbst aktiv zu werden. Wie hätte sie sich wohl entwickelt, wäre sie nicht auf diese Weise herangewachsen, eingespannt zwischen die Pole verschiedenster Erziehungsstile und Beeinflussungen. Hier das strengsterile Elternhaus und Pensionat, dort das zu schweifenden Träumen verlockende Leben im Turm.

Am Ergebnis dieser Erziehung habe ich mir jedenfalls dreißig Jahre lang die Zähne ausgebissen. War himmelhoch glücklich, zu Tode betrübt. Meine Herta – hart bis zur Unerbittlichkeit, weich bis zur Selbstaufgabe.

Und ich, wie sehen mich andere? Wie sieht mich Herta? Ich werde sie danach fragen, viele Jahre zu spät. Sicher bin auch ich das Ergebnis meiner Erziehung, wenigstens teilweise. Wie bin ich eigentlich erzogen worden? Bestimmt gleichfalls nicht richtig. Wer wurde schon richtig erzogen? Und was heißt das überhaupt? Der Philosoph Kant sagt: »Erziehung ist das Schwerste, was den Menschen aufgegeben ist.«

Wie bereits festgestellt, Herta und ich verloren uns mehr und mehr aus den Augen. Als ich wieder einmal zu Hause weilte, erkundigte ich mich unauffällig, wie ich annahm, bei meiner Mutter nach ihr. Nur unwillig gab sie Antwort, ich spürte, der Lebenswandel des heranwachsenden Mädchens mißfiel ihr.

»Jede freie Minute verbringt sie bei dem Maler im Turm, man klatscht schon in der Stadt darüber. Bekannte, die am Bollwerk vorbeikamen, hörten die beiden kichern und lachen. Und den besten Leumund hat der Steinbach nie gehabt. Herta sollte sich mehr um ihre Mutter kümmern und den Alten. Die laufen rum mit Mienen, daß Gott erbarm'.« Meine Mutter seufzte und griff sich an den schmerzenden Kopf. Ich aber dachte: arme Herta.

Jedenfalls waren das keine Nachrichten, die mich ermutigt hätten, dem Hause Steinbach einen weiteren Besuch abzustatten. Nicht, daß ich Hertas Lebensweise als liederlich empfunden hätte, ich kannte ja zur Genüge die moralisierende Art meiner Eltern und ihre Engherzigkeit. Mir wurde nur schmerzlich bewußt, daß die Freundin, alleingelassen im Niedergang des Hauses, im Turm einen neuen Freund gefunden hatte. Einen väterlichen Freund, wie ich mir einzureden versuchte.

Einen weltgewandten Herren, der das scheue Mädchen mit Schwung hineinriß in die eigene Schaffensphase, den Ausbau des Turms und der Gartenanlage auf dem Wall, Stunden angespannter Arbeit an der Staffelei und Stunden heiterer Entspannung. Da blieb für mich wieder einmal kein Raum.

Nur im Vorübergehen sah ich bei meinen seltenen Besuchen daheim die äußeren Anzeichen von Philipps Walten. Neidvoll und eifersüchtig wünschte ich mich an seine Stelle. Wie ich von anderer Seite hörte, übte er gleichzeitig eine gewisse Funktion als Beschützer seiner Nichte aus. Der schlechte Geschäftsgang der Firma Steinbach kam wohl nicht von ungefähr. Wie bereits erwähnt, gehörte Herta keiner Jugendorganisation an. Der alte Steinbach, schlau wie ein Fuchs, bot den Nazispitzeln keine Gelegenheit, ihn offen zu verfolgen. Auch Hertas Mutter, eine scheue Maus, tat keine unüberlegten Äußerungen. Bei Herta war ich mir da nicht sicher, vielleicht hatte sie dem eigenen Nest Schaden zugefügt. Es gab jedenfalls Mittel und Wege, die Firma kleinzukriegen. Sie wurde einfach übergangen, keine größeren Aufträge, keine Kaserneneinrichtungen, keine Ausstattung einer Ordensburg. Kein PG kaufte im Ladengeschäft in der Stadt ein. Der einzige, der sich für die drei isolierten Menschen einsetzte – ohne Dank oder Anerkennung von dem Alten zu ernten –, war Fips mit seinen unergründlichen, weitreichenden Beziehungen. Er deklarierte Herta als sein nordisches Modell, als Adlatus und Haushilfe. So war sie geschützt und unabkömmlich, solange der Onkel über sie wachte. Später heiratete sie dann den Flieger, den Helden, den Frontkämpfer. Das teure Pensionat in Bonn konnten sich Steinbachs schon lange nicht mehr leisten. Herta bestritt zeitlebens vehement, Fips für Akt-Bilder Modell gesessen zu haben. Doch allein der Gedanke, in irgendwelchen Sälen oder gar öffentlichen Räumen könnte Hertas Konterfei als friesische Bäuerin oder germanische Göttin Freya hängen, ist mir jahrelang unerträglich gewesen.

Der Krieg

Es kam, wie es kommen mußte, es kam, was meine Eltern jahrelang vorhergesagt hatten: Hitler brachte den Krieg, und damit für jeden Deutschen, fast für jeden Europäer und weit darüber hinaus in andere Kontinente hinein eine Verformung und bisweilen Verkrüppelung der Lebenssituation.

Auf mich übte der Krieg zunächst nur moralischen Druck aus. Ich mußte feststellen, daß mich – einen eher schmächtigen Siebzehn- bis Achtzehnjährigen – plötzlich auf den Straßen fremde Augenpaare unnachsichtig daraufhin musterten, ob ich etwa nicht fronttauglich sei, oder aus welchem Grund ich immer noch die Schulbank drückte. Ich hatte das Gefühl, mich unablässig verteidigen zu müssen.

Von den Steinbachs war zu hören, daß sie ums nackte Überleben kämpften. Außer ein paar alten Handwerkern, einem Polsterer, einem Tischler und einem alten Mädchen im Laden, das neben kleinen hölzernen Schatullen und Tellern nichts zu verkaufen hatte, gab es keine Belegschaft mehr. Alle Männer waren eingezogen. Und auch der Hexenturm stand leer.

Philipp, ein schneidiger, ehemaliger Reserveoffizier, war sofort nach Kriegsbeginn eingezogen worden. Auch ich schien nicht zu schmächtig für den Dienst am Vaterland. Mit achtzehn Jahren, nach vorzeitig erhaltenem Abschlußzeugnis, kam ich nach kurzer Ausbildung an die Front. Bevor wir in Paris einmarschierten, hatten wir zuvor ein halbes Jahr in Ayl in Quartier gelegen, im Frühjahr die Felder bestellt. Es gab genug Bauernsöhne unter uns. Das Grenzgebiet war sozusagen entvölkert, alles evakuiert. Daß der Frankreichfeldzug derart rasant beendet würde, damit konnnte niemand rechnen. So durfte ich bald meinen ersten Heimaturlaub antreten und wollte in gutsitzender Uniform – ich war zum Funker ausgebildet worden – den Steinbachs einen Besuch abstatten. Da erzählte mir meine Mutter mit spürbarer Erleichterung in der

Stimme, daß Herta Hals über Kopf geheiratet habe. Ich mußte mich hinsetzen, so wattig wurden die Knie und ein Amboß an Gewicht drückte auf meine Schultern. Ein derart negatives Gefühl hatte mich während des gesamten Feldzugs nicht überfallen. Meine Mutter spürte meine Enttäuschung und bemerkte sachlich: »Das war kein Mädchen für dich, sei zufrieden.«

Ich gab keine Antwort und verdrückte mich auf mein Zimmer. Den heißersehnten Urlaub brach ich vorzeitig ab. Was sollte ich noch zu Hause? Zudem hing spürbar Trauer und Bedrückung in der Luft, wie eine schwere Dunstglocke von altem, kalten Zigarrenrauch.

Mutters Vetter Josef Zilliken, der Dechant von Prüm, war den Nazis ins Netz gegangen und auf niederträchtige Weise umgebracht worden. Die Sache hatte sich folgendermaßen abgespielt: Dechant Zilliken sitzt mit einem Amtsbruder in einem schönen Lokal am Laacher See, als ein gestiefelter Goldfasan in den Raum stürzt, die Hand hochreißt, die Hacken zusammenschlägt und brüllt: Alles aufstehn, Reichsmarschall Göring betritt gleich den Raum! Alles springt auf und hebt den Arm, nur unsere beiden Geistlichen bleiben sitzen und verweigern dem Mächtigen, für sie ein Popanz, den Gruß. Das sollte schlimme Folgen haben. Nach Dachau wurden beide verschleppt und zu Tode gequält.

Auch meine Bedrückung wuchs ins Unerträgliche, freilich war die Ursache kaum zu vergleichen. Ich hatte meine Eltern nicht davon abhalten können, mir mehr über Hertas Ehemann zu berichten. Flieger sei er, ein schmucker Bursche, ein gutaussehendes Paar. Vor allem war die Familie jetzt finanziell abgesichert. Denn von dem Maler hörte man schon länger nichts mehr.

Das war der eigentliche Grund für Hertas Treuebruch, die finanzielle Sicherheit, versuchte ich mir einzureden. Aber hatten wir uns denn jemals Treue versprochen? Mitnichten. Unsere Verbindung, wenn man es überhaupt so nennen konnte, war eine verschleppte Kinderfreundschaft. Mehr nicht. Trotzdem, im Unterbewußtsein habe ich nie mit Herta Schluß gemacht. Zu keiner Zeit.

Zwar gab ich mir den strikten Befehl: Holgersen, du hast die Fakten zu akzeptieren! Verhalte dich dementsprechend. Es half wenig, ich fühlte mich hintergangen und beraubt.

Ich kehrte zu meiner Einheit nach Frankreich zurück, hatte ein paar erste Erlebnisse mit Frauen, die mir wenig bedeuteten. Nach kürzester Zeit zog ich mich stets zurück. Meine Kameraden verspotteten mich. Ich war leer. Ohne größere Gemütsbewegung nahm ich es hin, als wir gen Rußland zogen. Eine elende Mühsal begann in der endlosen Weite, bei Trockenheit und Hitze, im Schlamm, in Eis und Schnee, in Eiswinden und Hexenkesseln. Ich war zäher als viele andere und ich selbst es mir zugetraut hatten. Ein Nebenprodukt meiner spartanischen Kindheit.

War ich ein guter Kamerad? Jedenfalls kein schlechter. Leichtsinnig war ich nie, Glück kam dazu, der sogenannte »Heimatschuß«. Als ich Ende Dezember '44 das Lazarett in Siegen verlassen durfte und in Neuerburg aufkreuzte, glaubte ich mich in die schrecklichsten Kriegsszenarien Rußlands versetzt. Daß dieser Krieg nicht mehr gewonnen werden konnte, war uns Soldaten schon lange klar. Nichts funktionierte mehr, von meinen Eltern hatte ich ewig nichts gehört. Selbst in Deutschland gab es kaum noch weitreichende Verbindungen. Dennoch war bis an die ferne Front in Rußland das Wissen um die Leiden in der Heimat und die verheerenden Luftangriffe gedrungen.

Als ich nun jedoch vor den Trümmern unseres kleinen Hauses stand, überfielen mich die Fakten wie heulende Furien. Meine Eltern waren beide tot. Wahrscheinlich erstickt durch einen Volltreffer. Die Lungen zerrissen. Eigentlich ein schneller, guter Tod, versuchte ich mir einzureden. So, wie sie gelebt hatten, in enger Gemeinsamkeit, so gingen sie in den Tod. In einen noch umfassenderen Frieden, als es ihr friedvolles Miteinander auf Erden bereits war. Ich stand bald darauf an ihrem bescheidenen Grab und dachte über uns drei nach. Nichts war mir von ihnen geblieben. Viel mehr als das Leben hatten sie mir nicht mit auf den Weg gegeben. Nun ja. Doch. Immerhin keine schlechte Erziehung und keine schlechte Berufsausbildung. Gesundheit und letzten Endes eine sorglose Kindheit. Einen unbescholtenen Namen. Und sicher auch ein wenig Zärtlichkeit, wenigstens von Mutter, als ich noch klein war. Woher rührte sonst meine zehrende Sehnsucht nach Liebe und Zärtlichkeit, wenn ich sie nie erfahren hätte?

Während ich so sinnierte, kam mir plötzlich die Vorstellung, daß – wären Vater und Mutter nicht auf diese Weise umgekommen – sie mit der Zeit einfach verdorrt wären, aus Mangel an frischem Leben.

Nun hatte ich Augen und Ohren frei für andere Schicksale der geprüften Gemeinde. Die Eifel hatte nicht als Schutzwall gegen die Dämonen aus der Luft fungiert, und die Erzengel nicht für ein verbrecherisches Regime gestritten. Der apokalyptische Reiter Krieg war wie besessen durch unser Städtchen galoppiert, bis an den Lebensnerv gehende Verwüstungen an Menschen und Gebäuden hinterlassend.

Ich ging zu den Trümmern der Steinbachvilla. Auch sie hatte der Luftangriff vom 23.12.44 in Schutt und Asche gelegt. In Agonie befand sie sich schon lange. Der alte Steinbach war umgekommen, er ging bei keinem Alarm in den Keller. Merkwürdig, wie wenig mich sein Ende bewegte. Ich hatte viele Kameraden an meiner Seite elend umkommen sehen, da wird man dem Sterben gegenüber gleichmütiger. Ein wenig tat es mir leid um die Kunstschätze in dem zerstörten Haus.

Mein nächster Weg: die Burg, der Hexenturm. Hertas Refugium für einige entscheidende Jahre. Von der letzten Renovierung durch Fips war nichts mehr zu sehen. Das Dach fehlte, der ganze Turm war ausgebrannt. Nur der schmale Garten auf dem Wall blühte auch während des Krieges weiter. Ich hatte keine besondere Beziehung zu dem Ort und verließ ihn wieder rasch.

Eins der erschütterndsten Dramen hatte sich in dem seit 120 Jahren von der Familie Homann bewohnten Haus, unserer Apotheke, abgespielt. Während die Familie beim Nachmittagskaffee saß, fiel mit furchtbarem Getöse ein Blindgänger vor das Haus Heitzen. Fenster und Türen flogen ins Zimmer, und Familie Homann stürzte die Treppe hinab, um in den vermeintlich sicheren Keller zu gelangen. Bevor man diesen erreichte, traf eine Sprengbombe das alte Haus, die bejahrte Mutter wurde zu Boden gerissen und war stundenlang ohne Bewußtsein. Doch das massive Kellergewölbe konnte dem Bombenabwurf trotzen. Nach einer Weile erst kam man dort unten wieder zur Besinnung, der Apotheker entdeckte eine Öffnung, durch welche er und seine zwei kleinen Jungens mühsam ins Freie klettern konnten. Für die schwangere Frau wollte er mit Hilfe von Nachbarn einen leichteren Rettungsweg freilegen. Doch eine zweite Angriffswelle auf das kleine Städtchen und erneuter Bombenabwurf machten diesen Plan vorerst zunichte. Die im Keller zurückgebliebenen überfiel panische Angst. Es hatten sich außer den Hausbesitzern einige Nachbarn und sogar Soldaten in das Gewölbe geflüchtet. Einer der Soldaten, nach dem zweiten Einschlag unter schwerem Gestein vergraben, schrie unablässig um Hilfe. Schließlich betete er nur noch, immer schwächer werdend. Helfen konnte ihm in dieser ausweglosen Lage niemand. Die junge Frau fragte sich angstbebend, ob ihr Mann und die Kinder in dem Inferno draußen überhaupt noch am Leben waren? Würde er Rettung bringen können? Mühsam tastete sie sich in Richtung der Kellertreppe, räumte mit den Händen den Schutt beiseite. Schließlich konnte sie ein paar Stufen höher steigen, und es wurde merklich heller. Doch der Lichtschein war kein Tageslicht. Lodernder Feuerschein fiel durch einen Mauerspalt. Das mußte das Ende sein! Gefangen unter brennenden Trümmern, lebend begraben. Doch nach der äußersten Verzweiflung gab es plötzlich wieder Grund zur Hoffnung, ein Wechselbad der Gefühle. Man hörte Männerstimmen, eine kleine Öffnung tat sich auf, die bald vergrößert wurde. Wasser tropfte herab. Man hatte eine Eimerkette vom Bach bis zu dem brennenden Haus organisiert. Und nachdem das Feuer unter Kontrolle war, gelang es nach mühsamer Schwerstarbeit, die Verschütteten aus ihrem Kerker zu befreien. An den Armen zog man die Überlebenden heraus. Drei Männer wurden tot geborgen.

Wie sollte es nun weitergehen? Die Hilfsbereitschaft unter den Menschen dieser Jahre war beispiellos. Viele hatten ja nur das nackte Leben retten können, doch wurde von der Gemeinschaft für Unterkunft, Kleidung und Essen unter Aufbietung aller Möglichkeiten bewundernswert gesorgt.

Wir Grenzbewohner waren durch den Bau des Westwalls – etwa 1937 begonnen – von langer Hand auf einen künftigen Krieg vorbereitet. 1939, gleich nach Kriegsausbruch, erfolgte die erste Evakuierung der Bevölkerung, hauptsächlich Mütter mit ihren Kindern. Doch als der Feldzug im Westen beendet schien, kehrten alle so schnell wie möglich in ihre Heimat zurück. Die zweite Evakuierung fand im Herbst 1944, ausgelöst durch die Rundstett-Offensive, statt. Am Ende des Krieges, nach Rückkehr der Ausgesiedelten, bot sich den Heimkehrern ein trostloses Bild. Man nannte unser Grenzland »die rote Zone«. Wenn man »rot« mit Zerstörung und Verzweiflung gleichsetzt, war der Alltag ziemlich genau umschrieben.

Herta bewohnte mit ihrer Mutter eine kümmerliche Notunterkunft. Ihr Mann sei bald nach der Hochzeit tödlich abgestürzt, erzählte man. Ob ein Kind da war, konnte mir niemand sagen. Nein, es hatte keinen Sinn, sie zu besuchen. Unser Wiedersehen würde noch quälender verlaufen als das letzte Beisammensein, jetzt wo auch der abblätternde Goldrahmen fehlte.

Ein paar Tage trieb ich mich bei den Verwandten in Sinspelt herum, das heißt, ich versuchte natürlich, mich nützlich zu machen.

Dann ging es zurück zur Truppe, gottlob nicht mehr nach Rußland, sondern gen Westen. Aufmarsch zur Ardennenschlacht. Der Krieg strebte unaufhaltsam seinem unglückseligen Ende zu. Als es geschehen war, verbrachte ich als Kriegsgefangener Wochen, ja Monate auf den Rheinhöhen über Andernach – auf blankem Boden unter freiem Himmel, mit einem absoluten Minimum an Nahrung. Was ein Mensch alles ertragen kann!

Nach meiner Entlassung im Herbst 1945 konnte ich wieder in Sinspelt unterschlüpfen. Es war überall Hilfsbereitschaft anzutreffen. Von den Menschen schien ein ungeheurer Druck genommen. Der Krieg mit seinen Schrecken war vorbei. Man konnte, wenn auch erst nur Schritt um Schritt, mit dem Aufbau beginnen.

Als ich Anfang 1946 meine zerstörte Heimatstadt wieder aufsuchte und eigentlich ohne viel Hoffnung auf der behelfsmäßig eingerichteten Unteren Verwaltungsbehörde nach einer möglichen Einstellung fragte, bekam ich positiven Bescheid. Als habe man auf mich gewartet. Junge Leute mit abgeschlossener Berufsausbildung waren zu diesem Zeitpunkt Mangelware, die meisten befanden sich noch in Kriegsgefangenschaft. Ich fand sogar eine bescheidene Bleibe und konnte sofort mit der Arbeit beginnen. Vorerst mehr ein Sichten und Bestandaufnehmen. Einreißen von Einsturzgefährdetem oder notdürftiges Erhalten. Immerhin war es ein Einstieg für mich, als Anwärter auf die Inspektorenlaufbahn.

Und dann lief mir eines schönen Tages – wie konnte es anders sein – Herta über den Weg. Wir begegneten uns auf der alten Stadttreppe. Äußerlich war sie ganz unverändert. Weder Frau noch Witwe noch Mutter, für mich immer noch das schimmernde Mädchen. Ich lernte sie auf eine ganz neue Weise kennen. Anfangs war sie es, die versuchte, eine Begegnung herbeizuführen. Sie holte mich am Spätnachmittag von meiner Dienststelle ab. Wir machten lange Spaziergänge, ungefähr das einzige, was man im Herbst und Winter 46/47 treiben konnte. Wir liefen durch den Stadtpark über die Brücke am kleinen Wasserfall, zitierten Goethes »Wassergeister«, weiter ging's am Ufer der Enz entlang. Wir küßten und umarmten uns und schnurrten zärtlich dabei. Sie wollte von meinen Plänen wissen, und warum ich nicht studiert habe, wie es doch geplant gewesen war.

»Ja, liebste Herta, dann hättest du mich in der Zeit nicht so allein lassen dürfen.« Darauf schwieg sie.

Eine besonders gelungene Wanderung führte uns zum Fraubillenkreuz, einem keltischen Menhir. Dort im tiefsten Wald geschah es, daß sie heftig die Arme um mich schlang und mir ins Ohr flüsterte: »Wollen wir nun für immer zusammenbleiben?« Ich preßte sie an mich und stammelte, »Für immer und ewig. Nun soll uns nichts mehr trennen.«

Als »ihren Verlobten« brachte mich Herta zum ersten Mal in die Notunterkunft zur Mutter, seit der Bombennacht eine bettlägerige Kranke, seelisch gebrochen, seit ihr Mann sie verlassen hatte. Herta bemühte sich Tag und Nacht um die Kranke. Waren wir unterwegs, sorgte sie für eine Vertretung. Herta pflegte die Mutter mit bewunderungswürdiger Geduld. Niemals beklagte sie sich, nie war sie verdrossen. – Und diese Frau soll dreißig Jahre später einen Menschen in den Tod gestoßen haben? Ich kann es nicht glauben, obwohl immer wieder Zweifel hochkommen. Kenne ich doch Hertas Nachtseiten zur Genüge.

Frau Steinbach freute sich offensichtlich über mein Erscheinen. Vielleicht erinnerte ich sie an bessere Tage. Sie gratulierte uns mit großer Herzlichkeit zur Verlobung. Dann murmelte sie schwach, als wäre sie von der Überraschung zu sehr angestrengt worden: »Den Steinbach-Frauen kommen die Männer abhanden. Einer nach dem anderen hat uns verlassen. Aber du bist ein Beständiger, du wirst immer bei Herta bleiben.«

Ich war bewegt und streichelte ihre Hand, welk wie Winterfarn, dünn, braun und trocken. Ich hatte die alte Frau seit langem ins Herz geschlossen. Wer hatte mich als kleinen Knirps schon so gütig, ja achtungsvoll behandelt? Das vergißt ein Kind nicht.

Frau Steinbach war es dann, die mit einiger Genugtuung in der Stimme berichtete, daß sie so ganz arm und ausgebrannt nicht seien. Ein Schuppen voller Raritäten, Möbel und allerlei Geräte seien über den Zusammenbruch hinaus gerettet worden. Wertvolle Tauschobjekte, um in diesen Zeiten überleben zu können. Allzu lange konnten die Sachen nicht mehr in ihrem Versteck bleiben, ohne Schaden zu nehmen. Nun, man würde sehen. Herta und ich konnten jedenfalls, wenn wir eine geeignete Wohnung finden würden, unsere Ehe mit reichlichem, kostbaren Mobiliar beginnen. Ein Gedanke, den ich bisher nie bedacht hatte, der mich aber fast schwindlig werden ließ vor Besitzerstolz.

Alles stand für uns glückverheißend.

Von Karl, dem gefallenen Vorgänger, war keine Rede. Wohl stand sein Bild florumwunden auf einer Kommode, Herta muß gespürt haben, daß mich der Anblick irritierte. Danach war es verschwunden, zu meiner Erleichterung.

Der Winter 1946/47 war sehr streng. Ich erinnere mich an einen Spaziergang längs der Enz in Richtung Sinspelt. Der Schnee fiel so dicht, als würden Körbe mit frischgepflückter Baumwolle auf unser Land gekippt. Die kleinen Uferwellen der Enz schmatzten und zwängten sich zwitschernd durch ein feines Eisgatter. Die jungen Tannen waren ummantelt mit porösen Zwiebelhauben. Wir hatten nur leichtes Schuhwerk an den Füßen, und die waren bald kalt und naß.

»Laß uns umkehren und zu mir in meine Bude gehen. Dort kuscheln wir uns warm zusammen ins Bett«, schlug ich vor. »Wir sind doch Verlobte, da hat auch mein Hauswirt bestimmt nichts dagegen.« Zu jener Zeit gab es noch den Kuppelei-Paragraphen, wenn er auch mehr und mehr unbeachtet blieb. Doch Herta war in diesem Punkt unnachgiebig. Eine verdammt spröde Person.

»Und danach in die nassen Kleider. Deine Bude ist bestimmt ungeheizt. Brrr! Ich schlage vor, jeder geht zu sich nach Hause und zieht trockene Sachen an. In den feuchten Kram will ich nicht wieder schlüpfen müssen. Und zum Abendbrot kommst du zu uns. Du kannst von jetzt ab jeden Tag mittags und abends bei uns essen. Wir können es uns leisten. Du weißt ja, die Tauschobjekte.«

Damit hatte sie mir den Wind aus den Segeln genommen, natürlich war ich heilfroh über dieses großzügige Angebot. Ich war zwar seit meiner frühesten Jugend ans Darben gewöhnt. Dennoch hatte das Essen in Gaststätten mit den schwindenden Essensmarken mir Kopfschmerz bereitet. Gerade dieser erste Friedenswinter blieb in Bezug auf Ernährung unglaublich hart. In Trier hißte man die Hungerfahne, 500 Kalorien pro Tag, damit konnte man nicht überleben. Vor allem die zerstörten Brücken machten es der Bahn unmöglich, größere Mengen an Grundnahrungsmitteln heranzuschaffen.

Doch das war es nicht allein. Das Kapitel »Hungerfahne« ist eine Geschichte, die mich sehr bewegt hat, und da der Vater eines hilfreichen Schulfreundes darin verwickelt wurde, ist es mir ein Bedürfnis, die Hintergründe einmal näher auszuleuchten. Der Krieg mit seinen Schrecken war zwar beendet, doch es herrschte weiterhin große Not:

Mangel an Wohnraum, Mangel an Nahrung. Als die Zuteilung im Trierer Raum auf 500 Kalorien gesunken war, schien es zwingend, etwas zu unternehmen.

Die Bevölkerung stöhnte schwer unter der harten Fuchtel der Besatzungsmacht. An einen Aufstand war absolut nicht zu denken, er war auch weder geplant noch gewollt. Könnten vielleicht einige kleinere Aktionen etwas zum Besseren lenken, zumindest auf die herrschenden Probleme aufmerksam machen?

So hißten zwei wagemutige junge Burschen (gewiß besaßen sie in ihrem Umfeld die nötige Unterstützung und Rückendeckung) in einer Nacht- und Nebelaktion auf der Konstantinbasilika die schwarze Hungerfahne.

Zusätzlich legte man eine tote Katze vor die Tür des französischen Stadtkommandanten. Die Namen der zwei tollkühnen Fahnenhisser wurden erst bekannt, als sie sich zum 50. Jahrestag ihres Husarenstückchens offenbarten, und die Zeitung davon berichtete.

Die Besatzer, aufgebracht über die vermeintliche Aufsässigkeit der Trierer Bürger, tappten über die wahren Täter im Dunkeln. Als Repressalie wurden kurzerhand sieben ehrenwerte Männer mittleren bis reiferen Alters gefangengenommen und zur Haft in Baracken abgeführt. Später trieb man sie in die Martinsmühle. Dorthin durften ihnen ihre Angehörigen das Essen bringen. Die Familien hungerten lieber, ehe sie die unschuldigen Opfer darben ließen. Mit kahlgeschorenen Köpfen, scharf bewacht, mußten die so Gedemütigten harte Arbeit bei Aufräumungsmaßnahmen leisten. Die Nächte verbrachten sie auf dem nackten Boden. Ein dunkles Kapitel unserer Nachkriegszeit, unbekannt wohl den meisten, jedoch nicht von allen vergessen. Drei bis vier Wochen dauerte dieser Zustand, dann kehrte der Vater meines Freundes krank nach Hause zurück, wo er bald darauf starb.

Soviel als Nachtrag zum »Heldenstückchen« der beiden im Nachhinein gefeierten Hungerfahnenhisser.

In Neuerburg hatten wir es in dieser Beziehung sicher etwas besser, es gab viel Landwirtschaft in der nächsten Umgebung. Freilich, die großen Viehmärkte blieben der Vergangenheit und Zukunft vorbehalten, wobei die Bauern nach erfolgreichem Abschluß in den umliegenden Gaststätten ihre listigen Kartenspiele abzockten.

Herta war es gelungen, über bereits genannte Wege zu zwei alten Fahrrädern zu kommen. Manche Abendstunde habe ich damit verbracht, beide Räder geschmeidig zu machen und zu erhalten. Damit ließen sich unsere Touren erweitern bis Roth an der Our oder nach Irrel, zu den phantastischen Felsenschluchten, dem Katzenkopf und der Liboriuskapelle und zu den wilden, sich durch eine Felslandschaft drängenden Wassern. Hier und da konnte man bald nach Kriegsende als zahlender Gast wieder Einkehr halten. Uns beiden schmeckte nach einer strammen Fahrradtour mit anschließender Wanderung besonders ein Glas Viez, verbunden mit einem Gläschen »Eifelschreck«, selbstgebranntem Eifeler Obstschnaps. Der Wirt der kriegszerstörten Irreler Mühle erklärte uns im notdürftig eingerichteten Gastzimmer die Bezeichnung »Eifelschreck«. Der Schnaps hatte seinen Namen bekommen zur Erinnerung an die Stunden, da mit Fauchen, Pfeifen und Getöse die V-Waffen über die Eifel gegen den Feind sausten. Und die auch mit schlimmen Folgen hier niedergingen. Der Griff zum Glas mit dem erwähnten Inhalt brachte dann Trost und Stärkung.

»Und dräut der Winter noch so sehr ... es muß doch Frühling werden.« Er kam mit milder Wärme und lindem Wehen, ein Tag wie Seide. Selbst heute hüpft mein Herz beim Schildern der Ereignisse. Wir hatten uns zu einem Spaziergang durch den Stadtpark verabredet, Herta kam daher wie die erzene Diana aus meinem klassischen Skulpturenbuch. Nur, daß ihr straffgebürstetes und geknotetes Haar hellere Lichter trug. Auch waren natürlich ihre langen Beine nicht unbedeckt, wie die der hurtigen Jägerin. Um Hertas biegsame Gestalt schlug ein langes, sanftfarbenes Textil seine aufregenden Wellen.

Mädchen, dachte ich befangen, du bist eine Klasse zu fein für mich. Die Frauen der Besatzungsmacht hatten demnach die stoffverschlingende neue Mode, den »New look«, auch unseren Frauen schmackhaft gemacht. Wie aber kam meine »Trümmerfrau« zu solch prächtiger Kleidung? So hinreißend Herta in dem neuen Modell aussah, ihre Vorliebe für exquisite Kleidung machte mir plötzlich Sorgen. Würde mein begrenztes Einkommmen ihren Ansprüchen auf Dauer genügen können? Als habe sie meine Gedanken erraten, vertraute sie mir ihr Geheimnis an. »Ich hab's aus einem alten Vorhang genäht.« Sie drehte sich übermütig wie ein Kreisel. Bewundernd und begehrend warf ich einen Wunsch in die Luft: »Laß uns bald heiraten.«

»Sobald wir eine eigene Wohnung haben. Du willst doch nicht zu uns in die armselige Behausung kriechen?«

»Wenn wir doch für lange Zeit nichts anderes finden in der zerstörten Stadt.«

Der Turm

Und dann sprach Herta zum ersten Mal das verhängnisvolle Wort aus. Ich könnte jetzt noch angeben, wo eine unselige Entwicklung ihren arglosen Anfang nahm. »Wie wär's denn mit dem Hexenturm? Komm laß uns gleich auf die Burg gehen, sehen wir uns den dicken Burschen gemeinsam an. Trotz seines Tonnengewichts kann er fliegen.«

»Das müßten dann schon Drachenflügel sein«, lachte ich sorglos.

»Nun komm schon«, lockte meine Gefährtin. Außerdem wird der Garten auf dem Wall in Blüte stehn. Und am Hang darunter ist der Goldlack zum Sturm angetreten, eine Belagerung in goldenen Helmen.« Auf dem Weg bergan schwärmte meine Braut weiter: »Du hast ja keine Vorstellung, wie schön es zu Philipps Zeiten im Turm war. Oben in seinem großen Atelier zog sich eine Ruhebank rundum die Mauerwand entlang. Sie war mit tiefgrünem Samt bespannt. Darüber hingen seine schönsten Bilder. Um die steinerne Treppenspindel in der Mitte gab es gebogene Vitrinen. Hast du schon runde Vitrinen gesehen? Darin verwahrte er seine kostbare Gläsersammlung, viele zarte wunderschöne Gläser, zum Teil ganz alte aus Böhmen, farbig oder fein ziseliert. Die summten mit, wenn wir zu laut lachten. Oh ja, wir haben viel gelacht.«

Irgendwie litt ich bei ihren Worten. Gut, daß wir inzwischen auf der Burg angekommen waren. Hier rannten wir, ohne uns groß vorzusehen, die schadhafte Wendeltreppe des Hexenturms hinauf bis zum obersten Geschoß. Es roch nach Brand, Moder und Abfall, es roch nach krankem Mauerwerk. Doch wenn ein Dach gesetzt war, Handwerker mit ihren Gewerken hier tätig würden und dem Turm gut einheizten, verflüchtigte sich gewiß der beklemmende Geruch. Wir betraten den freien Umgang und hielten uns an der mürben Brüstung fest, die mir viel zu niedrig erschien. Der Stein war weicher als der Wind, der schnitt uns messerscharf ins Gesicht, doch wir gaben uns beglückt dem zerrenden Wehen hin. Das weite Land lag noch größtenteils im braunen Winterschlaf. Nur die Ferne winkte frühlingsblau.

»Es dürfte allerlei kosten, diesen Turm wieder bewohnbar zu machen«, warf ich besorgt ein. »Werden eure Tauschobjekte da genügen?«

»Wir besitzen auch Grundstücke, auf die der Bauunternehmer seit langem scharf ist.«

»Dann verstehe ich nicht, warum ihr nicht längst etwas unternommen habt, um aus dem jetzigen Loch herauszukommen.«

»Ich habe eben auf dich und deine Fachkenntnisse gewartet.«

»Na, na«, bemerkte ich ironisch. »Muß es denn unbedingt der alte Turm sein? Ich gebe mich gern mit weniger zufrieden. Hauptsache, ich kann endlich in einer richtigen Häuslichkeit leben. Seit meiner frühen Kindheit habe ich das entbehren müssen. Und die war auch mehr als bescheiden.«

»Aber du hattest doch ein ordentliches, kultiviertes Elternhaus!«

»Woher willst du das wissen?« fragte ich spöttisch.

»Denkst du, Mutter hätte mich stundenlang mit dir auf dem Speicher spielen lassen, ohne vorher Erkundigungen über dich einzuholen?!«

Ich war sprachlos, kam mir plötzlich vor wie eine Fliege, die in einem von langer Hand ausgelegten Netz zappelt. Herta brauchte mich als Bauleiter und Organisator. Aber da war nichts zu machen, ich war seit frühester Jugend auf sie fixiert. Konnte mit anderen Frauen nichts anfangen. Genauer gesagt: Ich war Herta verfallen.

»Ja«, fuhr sie unerbittlich fort, »es muß der Turm sein. Onkel Fips hat mich sozusagen als seine Nachlaßverwalterin eingesetzt. Mädchen, hat er gesagt, nach meinem Tod wirst du hier leben. Für mein Werk sorgen ...«

»Aber es gibt gar nichts mehr von ihm, was zu verwalten wäre.«

»Da bin ich mir nicht so sicher«, fügte Herta rätselhaft hinzu.

Wir stiegen langsam hinab und hörten verdächtiges Rascheln. »Mäuse, wenn nicht gar Ratten«, vermutete ich. »Wir werden Katzen halten müssen.«

»Auf keinen Fall Katzen«, sagte Herta entschieden. Ihre Stimme kam wie Wind über Schneeflächen. »Fips konnte auch keine Katzen leiden.«

Vorsicht, mahnte eine dumpfe gestaltlose Erinnerung in mir. Laß das Thema fallen!

»Du, der Turm kriegt aber einen anderen Namen«, versuchte ich einen neuen Anfang. »An die grauenvollen Zeiten der Hexenprozesse will ich nicht ständig erinnert werden.«

»War das wirklich so arg?« fragte Herta unbefangen. »Fips hat nie davon erzählt.«

»Was glaubst du denn? Für mein Empfinden war es der fürchterlichste Wahn, den die Menschheit sich je geleistet hat. Und an Wahnideen bestand ja bekanntlich zu keiner Zeit Mangel. Gerade haben wir es selbst erlebt. Wie schreibt Schiller: ›Jedoch der Schrecklichste der Schrecken, das ist der Mensch in seinem Wahn.‹ Mädchen und Frauen der eigenen Art und Sippe, des eigenen Glaubens, brutal zu foltern, zu erpressen und zu Tausenden zu verbrennen. Dutzende und Aberdutzende dieser bejammerswerten Geschöpfe wurden auch in diesem Turm eingesperrt, hochnotpeinlich verhört und grausam zu Tode gebracht. Der sogenannte Hexentanzplatz am Fluß erzählt doch von dem Irrglauben und den zahlreichen Prozessen, die in Neuerburg stattfanden. Innerhalb dreier Jahrhunderte fielen neun Millionen Menschen der Hexenjagd zum Opfer, hauptsächlich Frauen. Es gab ganze Ortschaften ohne Frauen und heranwachsende Mädchen. Und in manchen Ländern geht das noch immer so weiter. Unsere Erde ist wirklich ein blutiger Stern.«

»Hör auf, hör bloß auf!« Hertas blaue Augen waren schwarz vor Entsetzen geworden. »Mach mir nicht mein Luftschloß kaputt, den geflügelten Koloß. Das ist doch alles, wenigstens hier, viele hundert Jahre her. Ich will es vergessen. Nie mehr davon reden, versprich es mir. Und wenn du so willst, dann nenn mir ein altes Haus, in dem nicht gequält, gelitten und gestorben wurde. Zeig mir ein Stück Straße, über das kein Blut floß. Die Zeit heilt alles, wir sind immer wieder neu da auf einer neuen Erde. Für jedes Kind beginnt bei seiner Geburt die Weltgeschichte von neuem.«

Sie machte erschöpft eine Atempause und ich warf rasch dazwischen: »Schön wär's.«

Herta überhörte meine Zwischenbemerkung und machte einen großen erleichterten Gedankensprung. »Außerdem hat der Onkel mit seinen Feenhänden den Turm von alter Schuld befreit.«

»Männer haben keine Feenhände.«

»Onkel Fips schon.«

Da blieb mir nichts übrig, als wieder einmal kopfschüttelnd zu kapitulieren. Was allerdings vom Wirken der umstrittenen Feenhände für heutige Augen sichtbar geblieben war, der blühende wehende Garten auf dem schmalen Stück Befestigungswall, erfüllte jedermanns Auge mit Freude. Vom ersten Obergeschoß des Turms aus konnte man den langen Garten betreten. Wie gesagt, es war Frühling. Ein nicht enden wollendes Blau überzog die gesamte Anlage. Es flockte weit und üppig über die Mauerbrüstung und wehte sacht im Wind wie eine glückverheißende Fahne. Herta deklamierte: »Frühling läßt sein blaues Band, wieder flattern durch die Lüfte.« Gelbe Blütenstempel steckten wie Polsterknöpfe in den Blumenkissen.

»Schöner geht's nicht mehr«, rief ich aus.

»Und ob«, widersprach Herta. »Im Sommer, wenn die Rosen den Turm hochklettern und die Blütenblätter wie Blutstropfen herabfallen.«

Natürlich kannte ich den Turm, bei jeder Jahreszeit. An den Herbst konnte ich mich besonders gut erinnern, an die bunten Blätter, die von der Höhe des Wehrganges herunterwehten. Die Pflanzen, groß oder klein, waren allezeit freundlicher als die Menschen gewesen. Letztere hielten anstelle von Blättern und Rosen und wehenden Blaubärten Pech und Schwefel und kochendes Wasser bereit, Blei und Kanonenkugeln, um sie von der Mauer auf den Feind herunterregnen zu lassen. Die Leute sagen, die Blumenpracht auf dem Bollwerkgarten rühre daher, weil der Boden allezeit üppig mit Blut gedüngt wurde – bis hin zu dem Toten, der in meine Familie aufgenommen werden wollte und vielleicht deshalb sterben mußte.

An jenem Tag auf dem Wall hatte meine Braut die Hände seitlich aufgestützt, sich wie eine Feder auf die Außenbrüstung geschnellt. Mir wurde schwindlig bei dem Gedanken, sie hätte mit einer Winzigkeit zuviel an Schwungkraft das Gleichgewicht verlieren und in die Tiefe zur Talstraße stürzen können. Ich umklammerte ihre Beine und beschwor sie, wieder auf die Erde zurückzukommen.

»Warum denn?« lachte sie sorglos. »Die Brüstung ist breit, da kippt man nicht so leicht hintenüber. Es sei denn, einer hilft kräftig nach. Und das hast du wohl kaum vor!?«

»Mach keine Witze«, brummte ich ärgerlich.

»Du weißt eben nicht, wie oft ich mit Fips hier den Abend verbracht habe. Stundenlang schauten wir beide so ins Land hinaus. Fips sagte: ›Siehst du das dunkle Gewölk überm Berg? Da kommt der Nachtdrache angeflogen. Ganz lautlos. Und Häppchen für Häppchen verschluckt er mit seinem Riesenmaul das Tal, die Felder, die Stadt – und wird doch niemals satt. Aber den Mond, den kann selbst der gefräßige Drache nicht verschlingen.‹ Darum hab ich all meine Wünsche in ihn geworfen, wie in einen Korb.«

»Und was ist daraus geworden?«

»Als ob es darauf eine Antwort gäbe.« Damit sprang sie in meine Arme und herzte und küßte mich. »So, da hast du mich wieder, keine Abgestürzte. Ich finde, es hat in unserer Zeit bei den Jungen genug Tote gegeben.«

Nein, Herta kann es nicht gewesen sein! Erstmal Schluß mit diesem Bild. Ständig drängt sich der Tote vor. Dabei hat er die meiste Zeit um zu warten.

Ich spüre den Frühling 1947 in den Knochen. Ein Tag, an dem die Erde wie eine Hummel vor Behagen summte.

»Ich hätte einen Namen für den Turm. Was hältst du von Wolkenkuckucksheim?«

»Stammt dieser Name von deinem Onkel?«

»Wär' das schlimm?«

»Natürlich nicht«, log ich. »Taubenturm ist kürzer. Was meinst du dazu?«

»Das klingt nach vielen Kindern«, lachte Herta. »Von mir aus.«

»Und Gästen und Freunden«, ergänzte ich.

»Hast du welche? Seit wann und wen?«

»Wir könnten uns darum bemühen«, meinte ich optimistisch. An jenem Tag schien mir nichts unmöglich. Wer würde eine Einladung ins Bollwerk ablehnen? Dennoch, wir wären einsam hier oben, irgendwie wieder abgehoben und von den Nachbarn weit entfernt.

Bei unserem Kontrollgang durch den Turm hatte ich Herta meine Vorstellungen für einen künftigen Ausbau angedeutet. Mit dem Austritt auf den Wall das Wohnzimmer, daneben eine kleine Küche, Bad, Schlafzimmer im oberen Stockwerk. Natürlich zwischen den gewaltigen Rundmauern und der Treppenspindel im Inneren eingepaßt. Sie war mit jedem meiner Vorschläge einverstanden. Ich hatte gefürchtet, sie versteife sich darauf, alles wieder erstehen zu lassen, wie es zu Philipps Zeiten gewesen war, zum Beispiel das Riesenatelier, Kochnische und Schlafkoje. Dem war zum Glück nicht so. Die beiden Obergeschosse würden uns zum Wohnen vollauf genügen, auch wenn Hertas Mutter bei uns blieb. Das Erdgeschoß wollten wir zunächst ungenutzt liegen lassen. Später einmal, wenn die Zeiten sich normalisiert hatten, könnte Herta etwas damit anfangen. Eventuell ließ sich ein kleiner aparter Antiquitätenhandel aufziehen. Die richtige Umgebung wäre es jedenfalls, sogar goldrichtig, und Hertas Kenntnisse in der Möbelbranche kämen ihr dabei zustatten.

Auf die Gefahr einer Wiederholung hin, will ich die Topographie Neuerburgs noch einmal schildern. Die Neuerburg, in deren Schutz sich das mittelalterliche Städtchen entwickeln konnte, ist die größte erhaltene Burganlage des Kreises Bitburg-Prüm. Gegründet im 12. bis 13. Jahrhundert, krönt sie mit ihren mächtigen Türmen, Basteien und Wehranlagen den abfallenden Bergrücken. Ursprünge der Neuerburg seien bereits im 11. Jh. zu finden, zur selben Zeit etwa wie die allererste Fassung der St. Nikolauskirche, die Urkirche sozusagen. Da die frühesten Stadtgründungen erst im 12. und 13. Jh. liegen, kann es sich bei diesem ungewöhnlichen Sakralbau nicht um eine der üblichen Stadtkirchen bzw. Bürgerkirchen handeln. Auch die erstmals 1341 erwähnte »Ecclesia de novo Castro« ist mit Sicherheit dem Reichtum und Einfluß der Burgherren zu verdanken. Ist doch auf einem alten Stich zu erkennen, wie sich die weiträumige Burganlage tief den Bergrücken hinab bis in die alte Stadt hinein erstreckt, mit ihren Mauerringen, Vorburgen und Burgmannenhäusern. Der Platz vor der Kirche wird aus diesem Grund heute noch »Burgfriedenplatz« genannt. Mit dem Bau der spätgotischen Kirche wurde im Jahre 1492 begonnen. Es heißt in der Chronik: Zum Bau der Kirche sind die Herren der Burg verpflichtet. Auch wenn sich Erweiterungen und Instandsetzungen bis in unsere Zeit hinziehen, läßt sich sagen, daß St. Nikolaus weit über das hinausgeht, was eine kleine städtische Gemeinde aus eigener Kraft für Bau und Erhalt eines Gotteshauses leisten kann. Vielleicht wurden in früher Zeit Stiftsherren oder Orden als geistliche Gründer herangezogen? Während ich dies niederschreibe, kommt wieder der Wunsch in mir auf, Burg und Kirche genauestens zu untersuchen. Hätte ich mir doch die wissenschaftlichen Voraussetzungen dazu erworben! Gewiß, gelesen habe ich viel darüber und mich gründlich informiert. Aber zu archäologischen Grabungen und Untersuchungen reicht es eben nicht. Ob in den gewaltigen Mauern der Basteien – sie sind bis zu sechs Meter dick – geheime Gänge und Kammern zu finden sind? Woher stammt Hertas Gewißheit, im Turm Bilder des Maleronkels entdecken zu können? Ich werde sie danach fragen. Andererseits, sofern sie Sicheres wüßte, wäre sie mit größter Zielstrebigkeit längst darauf zugegangen.

Doch nun weiter mit meiner Stadtbeschreibung. Auf dem tiefergelegenen Bergrücken, befestigt durch eine Stadtmauer mit 16 Türmen, konnte der Ort verhältnismäßig sicher ruhen. Der Feind kam von innen. Pest und Feuer und Wahnideen. Doch stellt das dergestalt geschilderte Gebiet nur einen Bruchteil der heutigen Ausdehnung dar. Nach dem großen Brand 1818 durfte die Stadtbefestigung von den Bürgern zum

Zwecke des Wiederaufbaus geschleift werden. Der Bau von Fachwerkbauten wurde wegen der größeren Brandgefahr verboten. Auch die der Stadt am nächsten gelegene Südbastei wurde zu diesem Zweck als erste abgetragen. Im Lauf seiner fast siebenhundertjährigen Geschichte blieb Neuerburg nicht von weiteren Schicksalsschlägen verschont. Im 16. und 17. Jahrhundert wütete die Pest in einem Ausmaß, daß ein eigener Friedhof im Wallbachtal für die Pesttoten errichtet werden mußte. Dem Großbrand 1818 in der Stadtmitte fielen 24 Menschen und 177 Häuser zum Opfer. Am ärgsten waren wohl die Verwüstungen, die der Zweite Weltkrieg angerichtet hat – 40 % der Stadt wurden zerstört, hauptsächlich aus der Luft.

Da scheint es nicht einmal besonders abwegig, in den Mauern unserer Burg ein neues Nest bauen zu wollen. Auf der stadtabgewandten Seite reichen Turm und Wehranlage auf das sechs bis sieben Meter tiefer liegende Niveau der breiten, zur Burg führenden Straße. Philipp hatte die alten Beschädigungen des Mauerwerks zum Teil genutzt, um sie in große helle Fensternischen zu verwandeln. Licht drang somit auch für heutige Ansprüche reichlich ein. Alles andere, moderne Technik, Wärmedämmung, Entsorgung usw. war eine Sache der Organisation. Schon richtig, wenn ein Mann vom Fach sich des Ausbaues annahm.

Zusammenfassend denke ich heute, daß wir das gewaltige Bauwerk, schwer an Gewicht, schwer an Vergangenheit, zusätzlich allzu schwer mit unseren Erwartungen belastet haben. Es sollte uns einbringen, was wir aus eigener Kraft nicht erreichten: Freunde, soziale Anerkennung. Dazu ein Ruch Extravaganz und Romantik, was mir, ich weiß es nur zu gut, ziemlich abging. Oder mir früh ausgetrieben wurde. Bei Herta dagegen war der Sinn für das Phantastische trotz des nüchtern denkenden Elternhauses geweckt und gefördert worden. Das Luftschloß ist uns eingestürzt. Der Turmbau zu Babel wurde auch uns verworfen, fast wären wir dabei mit zugrunde gegangen. Ich hatte mich – wie gesagt – gründlich mit dem Turm und seiner Geschichte befaßt. Leider wurden uns auf der Ingenieurschule vor dem Krieg keine umfassenden Kenntnisse auf dem Gebiet der Historie vermittelt. Mußte mir alles alleine aneignen. Ich war im Grund ein Eigenbrötler und Stubenhocker. Abgesehen von den seltenen Stunden, die ich mit Herta verbrachte. Dem einzigen Menschen, zu dem ich eine tiefere Verbindung hatte knüpfen können. Nun war sie mir endlich ganz nahe, bald würde sie meine Frau sein. Wir setzten uns auf die sonnenwarmen Blumenkissen, und ich erzählte, was ich über den Turm und die Stadt alles wußte.

Erbaut wurde er im 16. Jahrhundert, als die Stadt eingebettet in die Einheitlichkeit der mittelalterlichen Weltanschauung lag. Doch war eine neue Macht dabei, ihr Gesicht zu verändern. Es war – wie so oft im Verlauf der Menschheitsgeschichte – die Macht der neuen Kriegswaffen. Schießpulver und Kanonen waren aufgekommen. Die verhältnismäßig dünnen Mauern der mittelalterlichen Türme und Stadtbefestigungen konnten der neuen Gewalt keinen ausreichenden Widerstand mehr bieten. Allzu schwer und wuchtig jagten die eisernen Kanonenkugeln dagegen an. Die alten hohen Türme vergrößerten durch Einsturzgefahr das Risiko der Stadtverteidigung. Einige hat man deshalb mit festem Mauerwerk umkleidet, öfter baute man neue. Niedrig und dick waren sie, die sogenannten Batterietürme. Ihr Durchmesser schwoll auf zwölf, fünfzehn und mehr Meter an. Aus ihnen konnten die Kanonen, die Böller, dem Angreifer entsprechend antworten. Noch verteidigten die Bürger der Stadt das neue Bollwerk, die Türme und gemauerten, erdverfüllten Wälle. Noch schützte die Anlage ein reiches bürgerliches Leben. Aber nach und nach bildete sich ein neuer Stand heraus. Musketiere und Kanoniere der landesfürstlichen Regimenter fanden in den mächtigen Bastionen ihre Aufgabe und Unterkunft. Die Entwicklung zu den noch umfassenderen Verteidigungsanlagen der Barockzeit, den weitläufigen Glacis und Waffenplätzen und damit der Oberherrschaft des Landesfürsten über die Bürgerschaft war eingeleitet. Unserer Stadt blieben die militärischen Anlagen des Barock allerdings aus Geländegründen erspart. Hier fand die Wehranlage mit den Bauwerken aus dem 16. Jahrhundert ihren historischen Abschluß. Soviel zu unserem Taubenturm.

Nein der sanfte friedliche Name paßte nicht zu ihm.

Herta war von jeher eine gute Zuhörerin. Ihr Kopf, von feinstem Goldgespinst umgeben, lag auf meinem Schoß.

»Erzähl weiter«, bettelte sie. Doch das Kapitel Hexenturm war, für dieses Mal wenigstens, zu Ende erzählt. An jenem blumendurchwehten Tag bedeutete es für Herta und mich das Unterpfand für eine glückliche Zukunft.

Wir hatten uns in den Schatten eines Wacholderstämmchens verzogen. Die Strahlkraft der Sonne war bereits beachtlich. Ich strich mit meiner Hand über die weichen Blütenpolster und wurde dabei meiner nüchternen Natur untreu. Vielleicht hatte auch Herta mich angesteckt mit ihren Regenbogensprüchen.

»Du solltest das alles zu einer Bettdecke zusammennähen, dann hätten wir das ganze Jahr Frühling in der Kammer«, sagte ich.

Das ging Herta ein wie Honig. Liebevoll stieß sie mich an und flüsterte: »Heut nenn ich dich Holder anstatt Holger. Mach die Augen zu.« Ich folgte, gleich darauf rüttelte sie mich zärtlich und rief: »Wach Holder, hinter dir steht dein Namensvetter und verlangt Dank für den Schatten.« Sie wollte sich totlachen über ihr Wortspiel. Mich überkam ein unbändiges Glücksgefühl. Es war ja wie ein inniges Liebkosen, diese persönliche ureigenste Namensgebung.

»Laß mich versuchen, was sich mit deinem Namen anfangen läßt«, murmelte ich. »Meine helle Herta, meine harte Elle«, deklamierte ich gleich darauf übermütig. Kaum waren die Worte ausgesprochen, wurde mir bewußt, wie verunglückt mein Beitrag klang. Schuldbewußt blickte ich meine Braut an. Ihre hochgradige Empfindlichkeit war mir zur Genüge bekannt. Ohne ein Wort zu sagen, sprang sie auf, strich ihren weiten Rock zurecht, schüttelte die unsichtbare Blumendecke ab, die uns so wohlig eingehüllt hatte, und schritt erhobenen Hauptes davon. Eine zürnende Göttin oder ein beleidigter Engel. Das hatten wir bereits, ging es mir durch den Sinn. Entschuldigungen oder Erklärungen meinerseits wären vergebliche Liebesmüh gewesen. Geknickte

Blumenstreu blieb zurück. Wie überaus flüchtig ist das Glück einer zärtlichen Stunde!

Zunächst war ich zerknirscht. Sie hatte mich mit ihrer Namensfindung liebkost, ich hatte sie getroffen. Sie zog sich meine unüberlegte Bemerkung an wie einen passenden Stiefel. Ist sie nicht in Wahrheit eine harte Frau in einer weichen Schale, oder ist der Kern weich und die Schale hart? Nach über dreißig Ehejahren bin ich mir darüber keineswegs im klaren.

Als ich allein nach Hause ging, stieg gewaltiger Ärger in mir hoch. Herta mußte mich hinreichend kennen, um zu wissen, daß ich sie keinesfalls verletzen wollte.

Mehr und mehr schreibe ich aus einem inneren Bedürfnis heraus, als habe ich Treibgas getrunken, das nun mein Innerstes bis auf den Bodensatz herauspreßt. Noch liegt das Ärgste vor mir, schwer zugänglich wie der alte Burgwall, bis ich zu dem Toten und seinem Geheimnis – hoffentlich – vordringen kann. Immerhin darf ich mir Zeit lassen. Der Tote und ich, wir haben ja genug davon. Einer wartet auf den anderen, ein höflicher Pakt.

Wie ging es weiter, nachdem mich meine gekränkte Braut verlassen hatte? Eine Nacht zum Überschlafen gönnte ich mir. Erst am folgenden Tag machte ich mich mit einem dicken Strauß blauer Blumen auf den Weg zu ihr. Mein Vergehen war, nüchtern betrachtet, lächerlich gering. Dennoch bereitete sie mir keinen freundlichen Empfang. Meine Späße und Ablenkungsmanöver verfingen nicht, ihre Augen blieben vergittert, bis ich, des Alleinunterhaltens müde, einige Skizzen und Pläne aus der Tasche zog und auf dem Tisch ausbreitete.

»Willst du sehen?« fragte ich kühl. »Ich hab' mal aufgezeichnet, was wir gestern auf dem Turm besprochen haben.«

Sofort änderte sie ihr Verhalten. Sie trat zu mir an den Tisch, hängte sich sogar bei mir ein und ließ sich alles erklären. Materialwünsche wurden ausgiebig gegeneinander abgewogen und besprochen, sie tat, als hätte es nicht den leisesten Mißklang zwischen uns gegeben.

Ein seltsames Mädchen, dachte ich. Sie würde mir noch manche

Nuß zu knacken geben. Dennoch habe ich mir nie die Frage gestellt, ob sie die Richtige für mich sei. Da gab es keine Frage und keine Alternative.

»Nicht mehr böse?« fragte ich und hob ihr Kinn von den Plänen zu mir. Aber sie wollte nicht über uns und unsere Beziehung reden, nur die Pläne waren ihr wichtig.

Ich war mir immer bewußt, kein sonderlich attraktiver Mann zu sein. Wenn Herta Schuhe mit hohen Absätzen trug – was ich nicht gerne sah –, war sie ein Stück größer als ich. Ich habe eindringliche graue Augen, eine nicht zu übersehende schmale Nase und rötliches Haar. Obwohl ich keinen Sport treibe, bin ich schlank und habe eine frische Gesichtsfarbe. Ich bin mit dem gleichen Glücksverlangen ausgestattet wie jedermann, egal wie er ausschaut. Steht einem weniger zu, erwartet man von vornherein weniger Erfolg, wenn man nicht schön ist? Ein Mann muß nicht schön sein, heißt es zum Trost für die eine Hälfte der Menschheit. Und eine Frau? Muß sie? Und wenn sie es nicht ist, wie hilft sie sich über herrschende Vorstellungen und Meinungen hinweg? Habe nicht auch ich mit meiner Liebe zu Herta der Schönheit gehuldigt?

Zurück zu meinen Bauplänen für den Hexenturm. Wir würden ungewöhnlich apart wohnen, dazu die erlesenen Möbel aus Hertas Besitz. Allmählich fing ich ebenfalls Feuer. Und das auf dem Rücken der kargen Nachkriegsjahre.

»Ich seh' schon, wie mein Chef vor Überraschung sein Bärtchen streicht«, lachte ich, »und erst die Kollegen!«

»Die willst du alle einladen«, bestaunte Herta meine Anwandlung, in Zukunft ein gastliches Haus zu führen.

»Freilich, wir müssen's richtig anpacken. Genehmigungen, Materialbeschaffung, Arbeitskräfte ...« Die Realität hatte mich wieder im Griff. »Das wird alles nicht einfach sein, und es wird viel Zeit draufgehen, bis der Turm bezugsfertig ist. Laß uns nicht so lange mit der Hochzeit warten, gib nach, meine Schöne«, bettelte ich und legte meine Arme fest um sie. Doch Herta schüttelte den Kopf und versuchte, sich zu befreien. Ich verließ sie wütend und enttäuscht. Mir war klar geworden, ohne Ring und Trauschein würde sie nicht meine Frau. Vor etwa vierzig Jahren verschrieb man sich, besonders im religiös gebundenen Bürgertum, noch einer strengen Auffassung von Moral. In der Jugend stetig und mit Nachdruck zur Keuschheit erzogen, war diese Einstellung für manche so zwingend geworden, daß sie sie auch später, befreit vom Druck der Umwelt, nicht ablegen konnten. Im Grunde hatte ich nichts gegen eine solche Haltung einzuwenden, in vielem entsprach sie meinen eigenen Vorstellungen.

Stand es auch so um Herta? War dies der Grund ihres Verweigerns? Eine verwitwete Frau immerhin. Dem Äußeren nach muß der blonde Flieger Karl, ihr erster Mann, ein Draufgänger gewesen sein. Sehr selbstsicher lächelte er aus seinem schwarzen Rahmen. Er hat bestimmt nicht auf den Trauschein gewartet. Wir haben nie über ihn geredet. Teils entsprach das meinen Wünschen, teils hätte ich gern mehr über ihn erfahren und über das Verhältnis der jungen Eheleute zueinander. Ich kann verstehen, daß ein solcher Mann einen anderen Marktwert bei Frauen erzielt als einer von meinem Kaliber. Und kann eine Frau so verschiedenartige Männer lieben wie der Pilot und ich es waren? Ich weiß, ich bin zu selbstkritisch. Das ist eine Quälerei von besonderer Niedertracht. Chancengleichheit, daß ich nicht lache! Schon Mutter Natur spielt dabei nicht mit. Allerdings, ich lebe und Jung-Siegfried ist auf dem Feld der Ehre gefallen. Auf dem Luftfeld natürlich. Die ganze Ehe dauerte zehn Tage.

Ein paar Wochen später, als sich unser Verhältnis freundschaftlich-herzlich normalisiert hatte, fing ich erneut an. »Laß uns bald heiraten. Es wäre das Vernünftigste.«

»Du willst also den richtigen Beginn einfach nicht abwarten«, rief meine Braut heftig werdend aus. »Wir wollten doch Hochzeit im Turm halten.«

»Ich sehe das nicht so«, antwortete ich ruhig. »Du wertest mir ein bißchen falsch. Erst kommen wir und dann erst der Turm. Außerdem dauert das einfach zu lange ...«

»Dann tu endlich was! Nutze deine Position bei der Baubehörde. Für eine Angelegenheit, die mir soviel bedeutet.«

Ich versuchte, ihr meine untergeordnete Stellung klarzumachen. Von daher ließ sich die Welt nicht aus den Angeln heben. Aber Herta blieb hartnäckig am Ball.

»Onkel Fips mußte damals auch seine ganze Verhandlungskunst aufbieten ...«

Ich unterbrach sie wütend, den Fips konnte ich nun absolut nicht mehr ertragen. »Am besten lassen wir das ganze Projekt fallen«, schrie ich und lief zur Tür. Sogleich war Herta wie umgewandelt. Sie drückte sich an mich, nannte mich ihren lieben, feuerspeienden Drachen und wühlte mir die Haare durcheinander, was ich allerdings gar nicht mag. Ich dachte, wie du mir, so ich dir und zog die Hornnadeln aus ihrem dicken Knoten. Sogleich stand Herta vor mir, umhüllt von einer goldenen Kapuze.

»Berenike«, hauchte ich hingerissen, »das Haar der Berenike.«

»Erzähl, was war mit dem Haar der Berenike«, bat Herta sogleich. Sie schüttelte die Haarflut und strich sie nach hinten.

»Laß doch«, bat ich. »Ich hab dich noch nie mit offenem Haar gesehen. Warum trägst du es nicht immer so? Als Kind hattest du einen superkurzen Bubikopf, später so komische Schnecken. Einmal hab ich dich mit schulterlangem Haar erlebt. Das war schon besser.«

Herta drehte den Kopf genießerisch und ließ verführerische Lichter kreisen. »Du weißt ja, Mutter, mit ihrer ewigen Angst vor Kopfläusen. Jeden Abend überprüfte sie meine Kopfhaut. Erst Onkel Philipp hat mich ermutigt, die Haare wachsen zu lassen. Er wollte mich so malen. Aber im Alltag, ich weiß nicht, der Knoten paßt besser zu mir, finde ich. Ich hab's halt gern gefaßt. Weißt du, für den Islam ist das Thema ›Frauenhaar‹ absolut tabu. Man spricht nicht darüber, als sei es ein intimer Körperteil.«

»Wenn wir verheiratet sind, werde ich mich jeden Abend in deine Haare wühlen«, kündigte ich schwelgerisch an und sah im Geist das knisternde Gold übers Kopfkissen fließen. »Ach, Herta, wir könnten uns hier im Wohnraum vorübergehend einrichten.«

Nebenan hörte ich just in diesem Augenblick die alte Mutter stöhnen. Sie litt an schwerer Atemnot mit Erstickungsanfällen. Ein Emphysem.

»Hörst du«, flüsterte meine Braut, »für drei ist kein Platz. Erzähl mir jetzt lieber die Geschichte von Berenikes Haar.«

Ich machte es kurz.: »Nun ja, das Haar der Berenike war zu schön für diese Erde. Solch kostbaren Stoff bringt sie nur einmal hervor, höchstens zweimal«, sagte ich bedeutungsvoll. »Darum haben die Götter es ans Firmament gehängt, wo es als Sternbild leuchtet.«

»Hmmm«, brummte Herta, schlang die eigene Zier einige Male um die Hand, suchte die Nadeln auf dem Boden zusammen und steckte das Gold als Nest am Hinterkopf fest.

»Da verberge ich meine Strähnen lieber vor den neidischen Göttern. Kahlköpfig möchte ich nicht rumlaufen.«

Wir haben dann doch bald darauf geheiratet. Ausschlag gab die Tatsache, daß Herta die Mutter nicht mehr allein betreuen konnte. Und da die Pflege der bettlägerigen Kranken besonders nachts schwieriger wurde, konnte ich meine Braut davon überzeugen, wie wichtig es wäre, mich – als familienzugehörig – zur Hand zu haben.

In absehbarer Zeit würde es uns wohnraummäßig besser gehen. Ich tat wirklich alles, um die Baugenehmigungen voranzutreiben, alles was mir möglich erschien.

Es war eine äußerst schlichte Hochzeit, der Zeit entsprechend. Herta organisierte alles. Wir wollten die Mutter, die nicht zur Trauung in die Kirche kommen konnte, wenigstens beim Mahl nicht ausschließen. Das Hotel »Zur Stadt Neuerburg« schickte ein vorzügliches Menu ins Haus, das wir drei im Krankenzimmer einnahmen. Gäste waren aus diesem Grund keine geladen. Wen auch? Als Trauzeugen fungierten die Verkäuferin und der Polsterer aus der alten Firma. Höhepunkt war die Feier in unserer wundervollen Kirche, die zwar im Krieg schwer gelitten hatte, aber notdürftig instandgesetzt, weiterhin benutzt werden konnte. Sie war mit Neugierigen gut gefüllt. Es gab ja ansonsten wenig Abwechslung für Schaulustige. Herta hatte sogar eine Sängerin auftreiben können, die das fällige Lied »So nimm denn meine Hände« mit viel Ausdruck von sich gab. Meine Braut wirkte delikat in ihrem strengen, schmalgeschnittenen Kostüm aus handgewebtem Leinen, ein Posten aus Großmutters Zeit. Ich mußte, da nichts besseres aufzutreiben war, mal wieder »Buxe von Buxe« tragen, immerhin handelte es sich hierbei um ein feines Tuch, wahrscheinlich ein hängengebliebener Anzug von Hertas Vater, vielleicht sogar sein Hochzeitsanzug. Mehr habe ich darüber nie herausbekommen. Es war mir nicht sonderlich wichtig, jedenfalls saß er perfekt. Auch ich machte eine recht gute Figur. Gelacht haben wir drei im Krankenzimmer über ein Späßchen, das Herta vom Stapel ließ. »Wir hätten in die Anzeige nur setzen sollen ›Ho Ho He hei heu‹.«

»Was soll das denn heißen?« fragte die Mutter keuchend.

Und Herta lachend, »Holger Holgerson und Herta heiraten heute.«

Ich war glücklich, meine junge Frau so heiter und unbeschwert zu sehen, doch nach Späßen war mir nicht zumute. Mich bedrückte zunehmend der Zustand der Mutter und die lastende Enge unseres Heims. Wie sollte es weitergehen unter diesen Prämissen? Von zwei Fällen abgesehen gestaltete sich unser Leben besser als ich bisweilen befürchtet hatte. Herta entwickelte sich zu einer zärtlichen Geliebten.

Ich war es, der einmal mehr von Eifersucht gebeutelt, meiner Frau die Frage stellte, die mich schon lange quälte. Herta konnte es nicht lassen, beim Lösen und Bürsten ihrer Haarpracht ein wenig zuviel von Fips zu erzählen. Wie er ihr begeistert und geduldig kunstvolle Boticelli-Frisuren nachgeflochten habe. Oder die Falten eines Umhanges zu einem Primavera-Gewand ordnete. Und das alles mit seinen Feenhänden! Einmal verließ mich die Selbstbeherrschung und ich fragte, ob sie mit ihrem Onkel ein Verhältnis gehabt hätte. Das würde jedenfalls von einigen in der Stadt vermutet. Herta schaute mich daraufhin so verwundert und entgeistert an, daß ich meine Frage umgehend bereute und von ihrer Unschuld überzeugt war, ehe sie mir mit der Hand kräftig ins Gesicht schlug.

Warum nur haben wir uns das Leben so schwer gemacht? Hätte ich nur über mehr Selbstbewußtsein verfügt, meine lächerliche Eifersucht auf zwei Tote würde nie existiert haben. So aber schmorte sie in meinen Adern. Über Jahre hinweg. Bereit, beim kleinsten Anlaß zur Flamme zu werden.

Die nächsten Zeilen schreibe ich mit Widerstreben, denn es naht der Augenblick, der meine Frau hingefällt hat wie einen morschen Baum. Ich war gleichfalls verstört von der Nachricht, die ich ihr bringen mußte.

Mein Chef hatte mich zu sich gerufen, mir Platz und eine Zigarette angeboten. Letztere lehnte ich ab, ich bin Nichtraucher. Mir schwante bereits Arges. Während ich einige Minuten stumm vor ihm saß, vor Unbehagen feuchte Hände bekam, betrachtete ich eingehend seinen dünnen Schnurrbart. Ein sogenanntes Menjou-Bärtchen. Wie mit einem Stift gezogen, so schmal und akkurat. Beobachtungen als Ablenkungsmanöver, denn ich ahnte, ja ich wußte bereits, was jetzt kommen mußte. Er brauchte es nur mit seiner metallischen Stimme zu bestätigen.

»Bester Herr Holgersen, bitte verstehen Sie mich recht. Auch ich bin nicht immer Herr meiner Beschlüsse. Schließlich haben wir alle den Krieg verloren. Gewiß, einige mehr als andere. Nun heißt es Wiedergutmachung. Da sind mir von der Besatzung zwei Damen ans Herz gelegt worden, denen man zuvor in Deutschland übel mitgespielt hat. Und diese Damen – nein, sie sind nicht von hier –, Paulsen mit Namen, haben sich ausgerechnet die Nordbastion, den sogenannten Hexenturm auf der Burg, als neues Domizil ausgesucht. Ich bin gehalten, ihre Wünsche zu respektieren. Gewiß, ich hätte es lieber gesehen, wenn ich nicht einem meiner fähigsten Mitarbeiter einen Strich durch die Rechnung hätte machen müssen. Besonders, da der Onkel Ihrer Frau – wie hieß er gleich – vermißt wird, nicht wahr? Ja, aber die Damen genießen nun mal den besonderen Schutz der Besatzung. Politisch Verfolgte ehedem. Wollen nicht mehr in ihre alte Heimat zurück. Kann man verstehen. Sie kannten den ausgebauten Turm von früheren Besuchen dort. Nun wollen sie etwas ähnliches aufziehen, mit Geldern aus Übersee. Das kommt auch der Stadt zugute.

Sie, mein lieber Holgersen, hätten doch wohl kaum die Möglichkeit, ich meine eeeeh, die Mittel für eine Instandsetzung.«

Ich konnte nicht antworten, ein Kloß steckte mir im Hals. Stattdessen starrte ich minutenlang auf meine rissigen, nichtsdestotrotz blankgewichsten Schuhe.

Für eine Weile hatte es so ausgesehen, als könne die Sache mit dem Turm handfeste Wirklichkeit für uns werden. Als bestünde durchaus die Möglichkeit, unser gemeinsames Leben in Freiheit hinter den meterdicken Mauern des Bollwerks zu verbringen. Ich muß gestehen, auch ich hatte gegen die vorgesehene Art dort zu wohnen nichts einzuwenden.

Aber was wollte ein kleiner Angestellter dagegen ausrichten, wenn die Entscheidung über die künftige Nutzung des Turms an höherer Stelle anders ausfiel als erhofft? Was sollte ich, ein einflußloser junger Mann, gegen zwei vermögende Damen mit entsprechenden Beziehungen unternehmen?

»Was halten Sie davon«, fuhr mein Chef fast mitleidig fort, wenn ich Ihnen, als Ersatz sozusagen, eine der kleinen Wohnungen im alten Burggebäude anbiete. Die bisherigen Mieter sind kurz hintereinander weggestorben.«

Ich stand auf, ein wenig benommen. Mir war bewußt, daß die Burg-Wohnungen als Armenwohnungen der Stadt genutzt wurden. Zu allem Überfluß mußte ich mich für das Angebot bedanken.

»Ich will es mit meiner Frau besprechen.«

»Natürlich, selbstverständlich. Nehmen Sie es nicht zu tragisch. Ein junger Hochbauingenieur will später sicher sein eigenes Haus bauen. Ich werde ihnen dabei, soweit es in meinen Kräften steht, behilflich sein.«

Ich hatte regelrecht Angst vor dem Heimkommen, Angst vor Herta. Als ich nach Hause kam, gab es weitere Hiobsbotschaften. Mit der

Mutter ging es zu Ende. Der Zeitpunkt war denkbar ungeeignet, meine Frau zusätzlich mit der Ablehnung unseres Baugesuchs zu belasten. Ich half, die letzten Stunden der Sterbenden zu erleichtern. Beide Frauen dankten es mir durch kleine Gesten.

Als nach Tagen die letzten Pflichten für uns Hinterbliebene erfüllt waren und wir in den engen, trotz Übermöblierung plötzlich unheimlich leer anmutenden Räumen hockten, sagte meine Frau halbwegs munter: »Weißt du Holger, es ist jetzt nicht mehr nur der Turm, der uns Auftrieb gibt, es hat sich – anstelle von Mutter – ein neuer Bewohner dafür angemeldet.«

Es dauerte eine Weile, bis ich kapierte. Ich hätte losschreien können vor Freude, Stolz, Ratlosigkeit und Verzweiflung. Ein höllisches Gebräu von Gefühlen. Ahnungslos schwatzte Herta weiter. »Du weißt ja, was der Volksmund sagt, der Eine kommt, der Andere geht.«

Ich umklammerte Herta und stammelte, was mir gerade so einfiel: Wie glücklich wir sein würden, nein, wie überglücklich wir bereits waren. Bald eine richtige kleine Familie. Und daß es dabei nicht gar so wichtig sei, wo wir in Zukunft wohnen würden.

»Wie meinst du das?« fragte meine Frau, löste sich abrupt von mir. Ihre Stimme wurde rauh, dann stieß sie fast bellend hervor, »Soll das etwa heißen, daß es mit dem Turm nichts wird?«

»Herta, denk an das Kind.« Meine Stimme war ein Flehen um Einsicht. Vergeblich, wie sich herausstellte. »Ich werde ein Leben lang für dich und das Kind da sein. Wichtig sind nur wir Menschen, alles übrige ist zu ersetzen.«

»So, so, so«, schrie Herta. »Wir ziehen also nicht in den Turm. Aus und vorbei ist der Traum!«

»Wir bauen uns ein anderes Nest«, murmelte ich unsicher und zog sie an mich. Aber sie stieß mich mit einer Heftigkeit von sich, daß ich schwankte. Sie rannte durch den engen vollgestopften Raum, es sah beängstigend aus, und ich hoffte nur, daß dem Kind nichts geschehe. Herta war mir plötzlich fremd und gleichgültig geworden.

Städte waren ausradiert, Ländergrenzen ausgelöscht, Millionen

Menschen umgekommen und Familien auseinandergerissen worden, und alles mußte ertragen werden. Was wog dagegen ein Luftschloß, das sich unserem Zugriff entzog? Ein heftiges Pochen riß mich aus meinen Betrachtungen. Es war meine Frau, die wie eine Wahnsinnige ihren Kopf gegen die Tür schlug. Dabei stieß sie hervor, »Du Versager, Du Schwächling, ich hasse dich, ich hasse dich.«

Ich aber dachte ungerührt, immerhin ist sie so vernünftig, nicht gegen die Wand anzurennen. Da schwankte sie bereits, und ehe ich sie auffangen konnte, nein, ich versuchte es gar nicht, lag sie wie leblos am Boden. Mit diesem Sturz schlugen meine Gefühle um. Sie dauerte mich plötzlich unendlich. Ich hob sie auf, schleppte sie aufs Bett und bemühte mich um sie. Es war einfach zuviel gewesen – Tod und Begräbnis, das geschenkte Kind und der verlorene Turm. Sie würde es lernen müssen, unerfüllbare Wünsche zu verschmerzen, jeder muß es lernen.

Ich fühlte mich mit einem Mal stark wie nie zuvor. Stark genug, selbst ihre bitterbösen Worte zu verdrängen. Der Krieg mit seinen Schrecken war vorbei, wir waren jung und gesund, die Existenz gesichert. Es mußte gelingen, Herta von ihrer unseligen Fixiertheit auf den Turm zu befreien.

Als sie zu sich kam, noch weißer als gewöhnlich, mit blauen Schatten um die Augen, schien sie mir auf neue Weise anvertraut. »Du siehst so durchscheinend aus, wie eure kostbaren Teetassen früher. Noch ein bißchen mehr Durchsichtigkeit und ich könnte das Baby in dir wachsen sehen.«

Gott sei Dank ging Herta auf meinen Ton ein. »Da sollte dir ein Glasfenster in meinem Bauch eigentlich genügen. Ein bißchen Undurchsichtigkeit brauche ich dringend für mich.«

»Einverstanden«, nickte ich und nun konnten wir die ganze mißliche Angelegenheit in Ruhe durchsprechen. Ich wiederholte wortgetreu die Unterredung mit meinem Chef. Dann überlegten wir Vor- und Nachteile eines Umzugs in das alte Burghaus.

Ich zog von Anfang an nicht recht. »Bedenke, es ist keine richtige abgeschlossene Wohnung. Ein paar Räume, freilich viel mehr Platz als hier in diesem Loch, aber wieder so abgehoben, weit von der Stadt und von Nachbarn entfernt, nur der unsympathische März bewohnt mit uns den alten Bau und benutzt mit uns die Wendeltreppe. Eisig kalt wird's im Winter sein, wenn wir von Zimmer zu Zimmer gehen.«

»Fünf Minuten sind's bis zur Stadtmitte, und ein bißchen abgehoben liegt mir eben. Vom Turm aus wär's auch nicht näher gewesen. Laß mich nur machen.«

»Du willst unbedingt in der Nähe des Turms bleiben«, vermutete ich folgerichtig.

»Und wenn schon?«

Ich glaube, das Wohnen auf der Burg hätte noch um vieles ungemütlicher sein dürfen, Herta würde es mit dem gleichen unbeugsamen Eigensinn verteidigt haben. Aus dem einzigen Grund, wenigstens im Dunstkreis der Nordbastei leben zu dürfen, und um umgehend zur Stelle zu sein, falls sich Veränderungen ergeben sollten. Nein, mir war ganz und gar nicht wohl, wenn ich an den Turm in Verbindung mit meiner Frau dachte.

Es folgten Wochen und Monate, die glücklich zu nennen waren. Wir freuten uns maßlos auf unser Kind. Herta war erstaunlich aktiv, ganz erfüllt mit den Vorbereitungen für unseren Umzug. Ich weiß nicht, wie sie es angestellt hatte, jedenfalls, als sie mich einlud, gemeinsam die zugewiesenen Burgräume zu begutachten, fand ich das Wohnen dort nicht mal so übel. Alles weiß gestrichen, das künftige Kinderzimmer erfüllte heller Sonnenschein, unser Schlafzimmer wohnlich eingerichtet, mit Blick auf die Wallanlage und den Nordturm – was mir nicht sehr behagte. Einen kleinen Schrecken bekam ich beim Betreten des Wohnzimmers. Ein großer Raum mit kleiner Nische, vielleicht der ehemalige Rittersaal. Im Winter kaum beheizbar mit dem wenigen zugewiesenen Brennmaterial, aber jetzt vollgespickt mit den verbliebenen Steinbach-Möbeln.

»Was soll denn das?« fragte ich entgeistert.

Darauf Herta, »Du solltest mir dankbar sein, daß ich es geschafft habe, die ganzen Schätze herzuschaffen. Dort, wo sie standen, konnten sie keinen Tag länger bleiben. Es mußte bei Dunkelheit geschehen, um überflüssiges Gerede zu vermeiden. Hat mich allerlei gekostet.«

»Und hier sollen wir leben?« Die Vitrinen und Schränke standen dicht an dicht entlang den Wänden, so wie es Sockel und Profile zuließen. »Das hab' ich mir anders vorgestellt.«

»Nun, es werden ja mit der Zeit immer weniger«, meinte Herta unbekümmert. »Und wir haben schließlich die recht gemütliche Küche. Vielleicht können wir uns auch einen Dachraum ausbauen, als Studierstube für dich«, fügte sie großmütig hinzu. »Kommt Zeit, kommt Rat.«

Also zogen wir sobald es ging ein, und lebten hauptsächlich in dem liebevoll ausgestatteten Schlafraum. Wir gingen früh zu Bett, aßen Abendbrot von einem Tablett, das wir zwischen uns stellten, lasen anschließend oder erzählten und liebten uns. Ja, wir waren glücklich.

Die Damen Paulens

Inzwischen waren die Damen Paulens im Turm eingezogen. Herta hatte auch diesen schwarzen Tag verkraftet. Als die Sache mit der Nordbastion zugunsten der Damen entschieden war, lief alles weitere ruckzuck. Auf einer alten Fotografie von ca. 1920 ist der Nordturm mit vier Obergeschossen abgelichtet. Fips ließ, da einsturzgefährdet, ein Geschoß abtragen und eine schmale Wendeltreppe zu dem großen gewölbten Keller schlagen. Hier bekommt man am ehesten einen Eindruck von der gewaltigen Dicke der Außenmauer. Fünf bis sechs Meter wird sie betragen.

Die Damen ließen weitgehend diesen Zustand bestehen, es wurden lediglich neue Zwischenwände gezogen, die Wendeltreppe im Inneren ausgebessert. Die Installation ließen sie sorgfältig erneuern. Es wurde verputzt, verglast, gestrichen, abgeschliffen und poliert, und es war offenkundig, daß die Mittel reichlich flossen. Nach vier bis fünf Monaten Bauzeit – jeden Tag nach Dienstschluß hatte ich mich fasziniert vom zügigen Fortgang der Arbeiten überzeugen können – zogen die dürren Mädchen ein. Von unseren Zimmern aus, versteckt hinter dichten Vorhängen, verfolgten wir stumm den Einzug. Ich konnte mir vorstellen, was in meiner Frau vorging. Ihre Augen verengten sich zu vereisten Seen. Das verabscheue ich mehr als alles andere an ihr, weil es mich zu einem Ausgesperrten macht. Am liebsten hätte ich sie vom Fenster weggezogen, wußte aber nicht, wie ich das – ohne ihre Gegenwehr zu provozieren – anstellen sollte. Wollte zumindest, Verständnis signalisierend, den Arm um sie legen. Sie machte sich steif und die Schultern abschüssig, so daß mein Arm hilflos abglitt.

Die Paulens besaßen schönes Mobiliar. Zügig wurde es von den Packern in den Turm getragen. Zurück, auf dem Platz abgestellt, blieb nur der unansehnliche Kleinkram, der sich unweigerlich in jedem Haushalt ansammelt und unentbehrlich scheint.

»Altweibergerümpel«, stieß Herta plötzlich mit hartem Auflachen hervor. »Widerliche Weiber, die zwei, sehen aus wie alte Hexen.«

»Herta«, sagte ich mahnend, »ich glaube, selbst wenn Benjamino Gigli mit der allerschönsten Frau im Turm einzöge, du fändest sie abscheulich. Verliere nicht deinen Realitätssinn.«

Dennoch ist Herta 30 Jahre lang nicht von der unglücklichen Namensgebung abgewichen – typisch für sie, dieses Unvermögen umzudenken.

Stundenlang konnte meine Frau hinter unserem Schlafzimmerfenster stehen, das Fernglas gezückt. Abends erzählte sie mir all die kleinen Ereignisse, die sie rund ums Bollwerk ausgekundschaftet hatte. In ihre Schilderungen voll gut beobachteter Situationskomik mischten sich zunehmend Bosheit und Schärfe. Ich mußte sie ungewollt mit den liebenswert-komischen Berichten meiner Mutter vergleichen. Da schnitt meine Frau schlecht ab, aber ich entschuldigte ihr Verhalten bereitwillig mit ihrem Zustand. Nein, leicht war es nicht für sie.

Schlimm sogar, als ich kurz nach der Eröffnung des Ladenlokals (es erstreckte sich überwölbt ein gutes Stück über den Grundriß des Turms hinaus) meine kleinen Einkäufe an Schreibmaterial dort vornahm. Zunächst war ein derartiges Sortiment das Hauptgeschäft der Damen. Ich war angenehm überrascht von dem reichhaltigen Angebot, das ich gleich nach der Währungsreform bei den Schwestern vorfand: Stifte, Kreiden, Tinten und Tuben, Pinsel, Papiere und Kartons in Hülle und Fülle und alles von guter Qualität.

Natürlich hatte ich mich den Damen freundschaftlich-nachbarlich vorgestellt, und beim Gespräch war ich mir plötzlich ganz sicher.

»Sind Sie nicht die Schwestern vom ehemaligen ›Hirschen‹ in Aach?«

Zunächst war Cäcilie, meine Gesprächspartnerin und die resolutere der beiden, betroffen. Dann fing sie sich rasch und stellte die Gegenfrage: »Und Sie sind der kleine Junge, der all die guten Dinge, der er abends brachte, im Nu korrekt zusammenrechnen konnte.«

Ich nickte. »Warum sind Sie zurückgekehrt in die Eifel?«

»Es war schlichtweg Heimweh. Eine Landschaft wie hier, die Burg, der Turm, die Kirche, die reizende kleine geschlossene Stadt. Das gibt's drüben nicht. Der Laden ist eigentlich nur ein Vorwand. Als Broterwerb nicht besonders wichtig für uns. Er bringt Kontakte. So ganz abgehoben wollten wir nicht sein, Allerdings nach Aach rief es uns nicht zurück. Obwohl wir viel Glück hatten bei unserer Ausreise. Und drüben – mit unserem Geld, unserem Fleiß und unserer guten Eifeler Küche – kamen wir bald groß raus. Leider sind Bruder und Frau nicht mehr unter den Lebenden. Den Namen haben wir bewußt geändert, und ich möchte Sie bitten, unser Inkognito zu respektieren.«

»Ihr Wunsch ist selbstverständlich für mich absolutes Gebot.«

Cäcilie nickte. »Schon als kleiner Junge wirkten Sie vertrauenswürdig. Lediglich beim ersten Mal habe ich Ihre Addition nachgerechnet.«

»Für mich waren Sie damals eine Wohltäterin, das bleibt unvergessen.«

»Wir sind übrigens Christen geworden, katholisch. Wir wollten einfach dazu gehören. Vor allem jedoch aus Überzeugung.«

Oh Gott, und meine feindlich gesinnte Frau in nächster Nachbarschaft, ging es mir bedrückt durch den Sinn.

»Soll ich Sie durch den Turm führen?«

Ich nickte begeistert. Dabei war das längliche Ladenlokal bereits eine Offenbarung. Die alten schwarzen Mauern hatte man mit einer strukturdurchlässigen zart ziegelroten Kalkschlemme überziehen lassen. Den Boden bedeckte geschliffener blauschwarzer Schiefer. Eine halbrunde gläserne Theke ruhte auf Säulenquadern, im Schutt gefunden. Halbrunde weißlackierte Regale hoben sich gut vom dunklen Boden ab und beinhalteten die aufgezählten Schätze. Dazu einige Teppiche in leuchtenden Farben. Da war großzügig und mit Geschmack eingerichtet worden. Wenn Herta das zu sehen bekommt, blutet ihr das Herz. Es war zu erwarten, daß, solange die Paulens den Turm bewohnten, Herta keinen Fuß über die Schwelle setzte. Stattdessen setzte sie das Fernrohr an. Freilich ließen sich auf diese Weise nur Teile des neuen Lebens im Turm ausspionieren. Was ich vorgeführt bekam, blieb ihr erspart bzw. verborgen. Die reizvolle renovierte Treppenspindel. In den oberen Geschossen waren die Wände weiß gestrichen, goldgerahmte Farben davor. Vor einem hohen, starkfarbigen Bild blieb ich betroffen stehen: Jeanne d'Arc auf dem Scheiterhaufen. Das war Herta, wenn auch stark verfremdet! Stolz, hoch aufgerichtet stand sie auf dem gefährlichen Unterbau. Ich würde ihr nichts davon berichten.

»Nicht wahr, ein beeindruckendes Bild. Die Besten werden geopfert. Wird die Menschheit denn nie vernünftig?« Cäcilie seufzte und ich blieb stumm, Ich war zutiefst bewegt. Dann fuhr Cäcilie härter werdend fort: »Wir haben's damals bei dem Maler gekauft, mit nach Amerika genommen und nun ist es in seine alte Heimat zurückgekehrt. Möge es nun für immer seinen Platz gefunden haben.« Auf diese Weise war Herta im Turm anwesend.

Wir setzten unseren Besichtigungsgang fort. Weißgraue handgewebte Vorhänge gaben den tiefen Fensternischen Wärme. Spiegel sah ich im ganzen Haus nicht. Welche Sehnsucht nach Schönheit mußte die wenig ansehnlichen alten Mädchen verzehren!

Ihre wertvollen Möbel kannte ich vom Tag des Einzugs, jedoch in den jetzigen ungewöhnlichen Räumen wirkten sie einfach großartig, lebendig. Dazu kam der kleine verwunschene Freiraum auf der Wallmauer, vom Wohnraum her ebenen Fußes zu betreten. Wie gesagt, von Fips zauberhaft angelegt. Er war wirklich ein großartiger Künstler. Ähnlich hätten auch wir uns einrichten können, schoß es mir durch den Kopf. Gewiß, in solcher Perfektion sicher nicht. Es hat nicht sollen sein.

»Schön haben Sie es sich geschaffen. Es war der Onkel meiner Frau, der hier vor dem Krieg gewohnt hat, und den Sie ja auch kurz kennenlernten.«

Nein, das war den Frauen nicht bekannt, daß am Ort noch Verwandte des Künstlers lebten. Darauf sagte ich nichts mehr, verabschiedete mich höflich und fügte hinzu, daß es für einen Mann vom Fach ein höchst interessanter Besuch gewesen sei.

Zu Hause empfing mich Herta mit eisiger Miene. »Hat es dir bei den Hexen gefallen?«

»Ich konnte ihre Aufforderung, die Bastion zu besichtigen, schlecht ablehnen. Nun, ich gebe zu, ich war auch neugierig. Wie sie wohnen? Sehr schön, und ich wollte – weiß Gott –, daß wir diejenigen wären, die dort leben könnten.« Mir fiel gerade ein, daß ich mich bereits vor Jahren an Fipsens Stelle in den Turm gewünscht hatte.

»Das hätten wir haben können«, bemerkte Herta eisig, und der Abend geriet zu einem Aufenthalt im Totenreich.

Einige Wochen später fehlte mir wieder irgendein Schreibutensil, und ich nahm der Einfachheit halber meinen Einkauf erneut im Bollwerk vor. Das Schwesternpaar beriet mich überaus zuvorkommend. Sie waren zu jedem Kunden freundlich.

Ihr gefälliges Wesen im Verein mit einer betont zurückhaltenden Kleidung, schlichte graue Kostüme, doch von bester Qualität und Machart, konnten dennoch nicht verhindern, daß beide ein bißchen merkwürdig wirkten. Man hatte den Eindruck, sie schwebten durch den großen, nach den Außenmauern zu verdämmernden Raum, so flink trippelten sie unter den langen weiten Röcken einher.

Wie denn die Geschäfte gingen, erkundigte ich mich höflich-interessiert. Sie schienen zufrieden. Die besten Kunden waren die Amerikaner, die eigens von Bitburg angebraust kamen. Das Geschäft mit dem Tourismus setzte erst später ein.

»Besuchen Sie uns einmal, kommen Sie abends mit Ihrer Frau auf ein Glas Wein zu uns rüber. Schließlich sind wir alte Bekannte.«

Ich räusperte mich verlegen, zog an meiner Krawatte und stotterte, daß meine Frau ein Kind erwarte, und wir zur Zeit nicht ausgingen. Um allen künftigen Einladungen zuvorzukommen, gab ich preis, was ich eigentlich für mich behalten wollte, nämlich, daß meine Frau ein Wiedersehen mit dem ausgebauten Turm schwer verkraften würde. Sie habe sehr an ihrem Onkel gehangen, und sein Tod und die Vernichtung seines Lebenswerkes, die Zerstörung all dessen, was er geliebt, das seien Dinge, über die sie einfach nicht hinwegkomme. Die Damen möchten das bitte richtig verstehen.

Die Schwestern wirkten sichtlich betreten. Erst nach einer Weile äußerte sich Eugenia, die stillere von beiden, und fragte zögernd, ob wir etwa selber gern in den Turm gezogen wären. Und ob wir denn über die Mittel und Möglichkeiten zu einer Instandsetzung verfügt hätten.

»Wohl kaum«, log ich, um das heikle Thema so schnell wie möglich wechseln zu können.

»Gott sei Dank«, amtete Eugenia auf. »Der Gedanke würde mich sehr belastet haben. Zu wissen, da wohnen uns gegenüber Leute, die uns die neue Heimat schon wieder mißgönnen. Da kränkt man womöglich Menschen und weiß nichts davon. Aus diesem Grund sind wir nicht mehr nach Aach gezogen. Um niemand mit inzwischen unnützen Schuldgefühlen zu belasten. Um peinlichen Anbiederungsversuchen aus dem Weg zu gehen.«

»Kommen Sie, nehmen Sie Ihrer Frau ein paar Rosen mit. Es wachsen so viele am Turm, daß man's gar nicht merkt, auch wenn man Arme voll wegschneidet. Und machen Sie sich keine Gedanken. Wenn Ihre Frau nicht rüberkommen will, das können wir verstehen.«

Ich fand die Damen bezaubernd. Cäcilie entnahm einer Schublade ein Messer, schnitt einen üppigen Strauß zurecht und reichte ihn mir freundlich, nicht ohne vorher die Dornen sorgfältig entfernt zu haben. Ich dankte bewegt und ging bedrückt nach Hause.

Wie ich erwartet hatte, warf Herta die Rosen umgehend in die Mülltonne. Ich war schon erleichtert, daß sie sie nicht auf die Straße geschleudert hatte.

Gilda

Die Zeit hatte Flügel, helle und dunkle wie eine Elster. Auf den errechneten Tag wurde unser Kind geboren. Gilda. Das schönste Kind, das je ein Vater in den Arm gelegt bekam. Ich hatte mir eine Tochter gewünscht, und der winzige Mensch, der uns da zugewachsen war, entsprach – so wie er sich eingestellt hatte – hundertprozentig meinen Erwartungen. Goldgelber Kükenflaum bedeckte das apfelgroße Köpfchen. Der Name Gilda, Goldene, war für mich zwingend gewesen. Lächelnd gab Herta ihre Zustimmung. Finger und Fußnägel des Wunschkindes waren winzige Perlmuttsplitter, die Ohren fein verschlungene Schneckenhäuschen. »Wie hast du das nur alles so vollendet hingekriegt?« fragte ich gerührt.

Die junge Mutter strahlte, alles war nach Wunsch gegangen, und es folgte der große Tag, an dem ich beide heimholen konnte.

Kleines Mädchen, mit so vielen frohen Erwartungen habe ich dich in das alte Haus getragen. Mit zu vielen Erwartungen pflegen die meisten Eltern ihre Kinder zu belasten. Ich bezweifelte keinen Augenblick, der beste Vater aller Zeiten zu werden. Ich wurde es nicht.

Was stellte sie in Zukunft nicht alles an, um sich von uns freizustrampeln, so früh wie möglich. Und später – mit dem erstbesten Mann hat sie sich verlobt, nur um endlich von uns fortzukommen. Um endlich den lastenden Eisbergen und muffigen Schloßräumen zu entfliehen. Wären wir nie hier eingezogen! Hätte ich wenigstens beizeiten energisch einen Wohnungswechsel herbeigeführt. Selbst Herta hatte einige Male gebeten: »Laß uns fortziehen. Ganz weg aus der Stadt. Der Turm, der ist für mich wie ein Magnet. Zieht mir die Nägel aus dem Rahmen, den Halt aus der Seele. Er ist stärker als ich.«

Nein, die Jahre waren für keinen von uns einfach gewesen.

Dazwischen blieb immer wieder Raum für Glück. Ich denke vor allem an Gilda, die ihr freundliches Kinderzimmer vom ersten Tag an lautstark und quicklebendig mit Beschlag belegte. Ich denke an Herta, die diesem Kind eine gute Mutter war, trotz des zunehmenden Dranges, am Schlafzimmerfenster Wache zu stehen. Nach wie vor ließ sie sich nicht das Geringste entgehen, das mit dem Bollwerk zusammenhing. Ich glaube, sie betrachtete es als ihr persönliches Eigentum, zumindest als das Vermächtnis von Fips.

Sträflich leichtsinnig hatte er dem Mädchen eingebleut: Nach meinem Tod, Herta – glaub mir, ich werde nicht alt, Lumpen sterben früh –, nach meinem Tod wirst du hier wohnen. Alles soll einmal dir gehören, du mußt es nur in meinem Sinn verwalten. Ans Licht bringen, was ich so lange verstecken mußte. Meine Bilder werden ein Vermögen wert sein, künftige Generationen sie zu schätzen wissen. Wart es ab, und versprich mir jetzt.

Als ob jemand über seinen Tod hinaus das Leben eines anderen bestimmen dürfte! Außerdem verfügte er über ein Gebäude, das nicht einmal zu seinen Lebzeiten ihm gehörte. Seitdem war Herta eine moderne Gefangene des Hexenturms. Das ist mir inzwischen klar geworden. Einen Teil meiner Frau hat der verrückte Onkel dort eingemauert.

Hätte sie nur, wie andere Mädchen, eine richtige Freundin in den entscheidenden Jahren gehabt. Philipps Einfluß wäre nie in dem Ausmaß prägend geworden.

Vorerst steigerte sich ihre fixe Idee von den beiden Hexen im Turm zu einer wahren Manie. »Du hättest den schwefelgelben Rauch sehen sollen, der gestern mittag aus ihrem Schornstein quoll. So was ist nicht normal.« Mit solchen Verrücktheiten konfrontierte sie mich, wenn ich müde vom Dienst heimkehrte.

»Vielleicht ist durch Zufall ein vertrockneter Farbrest in den Küchenherd geraten. Bitte, bleib auf dem Teppich mit deinen Beobachtungen.«

Ein andermal war sie gut gelaunt und aufgeregt. »Holger, seit Tagen war nicht ein einziger Kunde mehr im Laden. Totenstille. Den Hexen wird wohl bald die Luft ausgehen, und sie machen den Laden dicht.«

»Spekuliere lieber nicht auf ein Fortziehen der Damen. Ich weiß, daß sie ein dickes finanzielles Polster im Hintergrund haben.«

Wir hatten inzwischen tatsächlich im Dachgeschoß, inmitten wundervoller uralter Balken, einen weiteren Raum ausbauen dürfen. Dahin verzog ich mich immer öfter. Der sogenannte Rittersaal erwies sich bald als unbewohnbar. Zu groß, zu dunkel, zu kalt und vor allem zu ungemütlich. Ich nannte ihn »das Magazin«, obwohl Herta recht behalten hatte, denn sein Inhalt nahm stetig ab.

Wir bewohnten das alte Burggebäude nicht allein, jeder Raum mußte beim Betreten bzw. Verlassen auf- oder abgeschlossen werden. Wie ein Hotelzimmer. Das machte mich immer wütender. Doch in der »Balkenklause« fühlte ich mich geborgen. Hatte meine liebsten Bücher zur Hand und vor allem, ich konnte stundenlang klassische Musik hören dank immer perfekterer Geräte. Eines Abends platzte Herta herein und rief atemlos: »Jetzt wirst du mir recht geben müssen von wegen der Hexen! Komm und sieh dir das an!« Sie zog mich am Ärmel mit sich und war schrecklich erregt. Auf dem Burghof angelangt, konnte ich auf dem Wall die Silhouetten der beiden Damen erkennen. Ich gebe zu, es sah etwas gespenstisch aus, die grünfunkelnden phosphoreszierenden Augenpaare dazwischen.

»Herta, das sind ganz normale Katzen. Die Damen füttern die Tiere, und deshalb kommen sie aus der ganzen Nachbarschaft zusammen. Nun rächt es sich, daß du als Kind nie ein Haustier halten durftest. Sonst wäre dir diese Fehldeutung nicht passiert.«

Herta fühlte sich gedemütigt und verhielt sich entsprechend übellaunig.

Meine Frau war mir auf eine Weise, die ich nicht näher bestimmen kann, unheimlich geworden. Wir Eheleute hatten uns kaum noch etwas zu sagen. Das Kind blieb der einzige Vermittler. Sobald Gilda abends zu Bett ging, verzog ich mich in den Balkenraum.

Zwei-, dreimal haben wir mit Gilda Ferien am Meer gemacht. Aber auch da ging ich eigene Wege. Gern besuchte ich alte Kirchen, entdeckte vielgestaltige Winkel und Plätze, suchte neue Eindrücke in fremder Umgebung. Stand geduldig und wartete ab, wie das wechselnde Licht des Abends eine Fassade veränderte, wie ganze Bauteile im

Dunkel versanken und anderes im Schein der aufflammenden Beleuchtung zum Leben erwachte.

Herta blieb lieber bei der Kleinen im Hotel, bestellte sich Wein aufs Zimmer, hatte, wenn ich heimkam, einen fremden Atem und einen starren Blick. Verlangte, daß ich ihr meine Eindrücke erzähle und mich ihr zuwende, doch ich entzog mich angewidert ihren Wünschen. Ich ließ sie allein.

Herta genoß es am Tag, mit dem goldhaarigen Kind, beide aufsehenerregend gut gekleidet, am Strand zu promenieren. Angesprochen wurde sie nie, und daß sie dies nicht wünschte, entnahm man jedem Zoll ihres straffen, gradlinigen Körpers und ihrer abweisenden Miene.

Königinmutter zeigt sich dem Volk, spottete ich. Wenn Herta nach dem Mittagessen – sie aß sehr wenig, trank indes ziemlich viel – in einen todähnlichen Schlaf versank, nahm ich Gilda an die Hand. Ich suchte mit ihr Wege in die Einsamkeit, und es packte mich die alte Lust am Erzählen. Wie früher erzählte ich, viel mehr, als das Kind verstehen und aufnehmen konnte. Und war erstaunt und fast ein wenig verletzt, wenn es beim Heimkommen der Mutter erleichtert half, durch kleine Küsse, Streicheln und Plappern sich wieder in der Wirklichkeit zurechtzufinden.

Später unterblieben auch die Ferienreisen. Die Jahre vergingen, wir lebten sprachlos nebeneinander her. Keiner hatte die Kraft, eine Änderung herbeizuführen. Ich fand im Beruf und bei meinen Liebhabereien Ablenkung. Als Mann war ich wie ausgelöscht, ich war ein vereinsamter Mensch. Wir waren mit unserer Sexualität an ein Ende gelangt. Wir wollten beide nicht mehr.

Herta betreute den Haushalt und das Kind, und beides nach wie vor mustergültig. Wenn ich am späten Nachmittag heimkehrte, beschäftigte ich mich mit Gilda. Ich erlebte voll das Glück, durch ihre Augen das Weltall neu zu entdecken. Die Zeituhr tickte weiter. Gilda kam zur Schule und brachte ganze Trauben von Freunden heim. Dann war Leben in den Räumen.

Unsere Tochter wurde früh selbständig. Sobald es anging, wollte sie mit Jugendgruppen und Mitschülern zusammen sein, auf Fahrt gehen oder zu sonstigen Unternehmungen starten. Fremd aus vielen Gründen wurde uns die neue Jugend und Gilda im besonderen. Uns mißfiel, wie sie sich kleidete, sie nahm die Schule nicht wichtig, um schließlich doch, nach mühsam bestandenem Abitur, unbedingt studieren zu wollen. Egal was, nur fort aus unseren stillen Räumen. Ich stellte bittere Vergleiche zu meinen entsprechenden Jugendjahren an. Auch stellte ich mir die Frage, wie sich meine Eltern zu der Enkelin verhalten hätten. Viel Zündstoff läge da im Verborgenen.

Meine Frau und ich liebten ein geordnetes, gepflegtes Hauswesen. Gilda dagegen verbreitete eine zunehmende Unordnung um sich herum. Kaum betrat sie das Haus, flogen Mütze, Mantel, Tasche irgendwo zu Boden. Ihr hübsches helles Zimmer verwandelte sie in ein Matratzenlager. Das Mobiliar wanderte auf den Speicher, und das Leben spielte sich auf dem Fußboden ab. Hefte, Bücher, Cremetöpfe, Wäsche und Kleider, Schallplatten und Kassetten verbanden sich zu einem krausen Bodenbelag. Herta weigerte sich, das Zimmer zu säubern. Erst nach zehrenden Auseinandersetzungen war unsere Tochter zum Aufräumen bereit. Um unnötige Streitereien zu vermeiden, stellte ich im gemeinsamen Bad Ordnung her, hängte Handtücher auf, säuberte Kämme und Bürsten, wischte bisweilen das Becken mit Sand.

Gilda blieb natürlich nach wie vor geliebtes Kind, einzige Verbindung zwischen uns. Lichtstrahl im alten Haus. Ihr Zimmer quoll über von Zigarettenrauch und Asche, Musik und Freunden. Freunde, denen ähnliche Haarmähnen vor den Augen waberten, die sich von Jeans peinigen ließen, die besser unter die Haut gepaßt hätten, die ihren Eltern zehn Jahre und länger Schulsorgen bereiteten, und die es für selbstverständlich hielten, daß jeder Wunsch umgehend erfüllt wurde.

Und doch, wie schrecklich leer und schrecklich aufgeräumt war unser Heim nach Gildas Auszug! Sie kam nur selten nach Neuerburg, meist blieb es bei kurzen Telefonanrufen.

Neben Gildas Auszug gab es weitere Neuerungen. Man hatte mich zum Leiter unserer kleinen Baubehörde befördert. Aber besonders die Veränderungen auf der Burg veränderten unser Leben. Wir konnten uns eine kleine abgeschlossene Wohnung im Dachgeschoß ausbauen. Aus der Burg wurde eine Jugendherberge, vor allem ein Jugendtreff. In das kleine spitzgiebelige Haus zogen als Herbergseltern die Familie Hallwachs mit vier Kindern ein. Herta betreute bei Bedarf ehrenamtlich zahlreiche Jugendgruppen. Sie unternahm große Wanderungen, sie kannte sich ja bestens in der Umgebung auf, konnte ihre Gruppen jedoch auch vorzüglich mit Kunsterziehung, mit Malen, Lesen und Singen zur Gitarre beschäftigen. Es machte ihr Freude, gab ihr einen neuen Lebensinhalt – sie war stets für Überraschungen gut. Der alte Rittersaal war längst von unseren Möbeln befreit. Behalten hatte Herta lediglich eine schöne Biedermeiersitzgruppe mit rundem Tisch, zwei oder drei Empire-Sekretäre und einige hübsche kleine Einlegetische, die in unseren Räumen Platz gefunden hatten.

Familie Hallwachs bekam rasch guten Kontakt zu den Schwestern Paulens. Wir blieben, was wir waren: ein zurückgezogen lebendes Ehepaar. Der gleichfalls eigenbrötlerisch lebende März zog in das kleine Haus nahe der abgetragenen Nordwestbastei.

Im Grund hätten wir alle glücklich und zufrieden miteinander leben können, wäre da nicht dieser blindschwelende Haß meiner Frau auf die Nordturmbewohner gewesen.

Eines Tages, bei einem zufälligen Treffen auf dem Burgplatz, beschwerte sich Frau Cäcilie. »Was hat Ihre Frau nur gegen uns? Sie blickt weg, wenn sie uns von weitem sieht, rennt grußlos an uns vorbei, läßt unser Grüßen gar unerwidert. Eine so schöne Frau, sie sollte Gott jeden Tag für diese Mitgift dankbar sein.«

Mir war Hertas Verhalten, gerade diesen beiden Frauen gegenüber, unendlich peinlich. Es war unverzeihlich. Dennoch suchte ich wortreich nach fragwürdigen Entschuldigungen und nahm mir vor, mit meiner Frau über dies heikle Thema zu sprechen.

»Erinnerst du dich, daß wir im Zusammenhang mit dem Hexenturm über »den schrecklichsten der Schrecken« gesprochen haben, über den Wahn der Menschen? Nun bist du selber einem solchen verfallen. Versuche doch wenigstens, höflich zu den Schwestern zu sein, als kultivierte Frau, die du schließlich sein willst. Es sind liebenswerte Frauen, trotz ihres wenig ansehnlichen Äußeren. Du bringst mit deinem unmöglichen Gehabe uns alle in ein schiefes Licht.«

Herta blickte mich verzweifelt an. Sie brauchte eigentlich ärztliche Hilfe, das ist mir heute klar.

»Holger, ich will's ja versuchen, aber ich hasse sie. Ohne Anlaß, ich weiß. Aber sie haben mir meine Lebensgrundlage genommen.«

»Herta, der Turm hat weder Fips je gehört und noch weniger ist er dein eigen. Reiß dich bitte zusammen!«

Ich hätte in dieser Stunde verständnisvoller sein müssen, liebevoller. Sie war hilfsbedürftig, doch ich kehrte den Erzieher hervor. Wie konnte das alles nur geschehen? Wo war meine unerschütterlich scheinende Liebe abgeblieben? Wann und wo hatte ich sie verloren? Es geschieht einfach so, kaum merklich. Die Blüten eines Apfelbaums entfalten sich, obwohl sie spüren, es drohen die Nachtfröste der Eisheiligen. Aber der Baum schickt seine Säfte und die Knospen müssen sich auffalten. Es geschieht mit ihnen, sie können sich nicht dagegen stemmen.

Vielleicht müßten wir Menschen wachsamer sein, auf kleinste Veränderungen reagieren. Ich aber ließ, entsprechend meiner Veranlagung, allem einfach seinen Lauf.

Gilda machte uns ebenfalls wenig Freude. Sie versuchte ihr Glück auf verschiedenen Gebieten, ohne zu einem Abschluß zu gelangen. Meine Vorhaltungen über Anmaßung und Unredlichkeit ihrer Handlungsweise fruchteten nichts.

In dieser Zeit gewöhnte sich Herta das Trinken an. Nur ich wußte davon. Da wir mit niemandem verkehrten, hat es keiner bemerkt. Sie kaufte vorsichtig ein. Auch trank sie nicht in einem Ausmaß, daß man hätte einschreiten müssen. Wie auch, bei ihrem Starrsinn. »Nur so, zum Zeitvertreib.« Im Winter war es auf der Burg sehr still, der Betrieb vier Monate geschlossen.

Wenn Herta ausging, zog sie nach wie vor die Aufmerksamkeit vieler Passanten auf sich. Mit zunehmenden Jahren liebte sie es, sich mit einer gekonnten nachlässigen Eleganz zu kleiden. Jedes Stück sündhaft teuer. Zum Einkauf fuhr sie eigens nach Trier.

Als sparsamer Mensch, zu dem mich die Verhältnisse erzogen haben, mißbilligte ich das, andererseits genoß ich es. Wir konnten es uns leisten, wohnten günstig, hatten kein Auto, verreisten nicht. Etwas mußte ja mit unserem Geld geschehen. »Die Burgfrau« oder auch »die weiße Frau« hieß sie im Ort. Man hielt uns mit Sicherheit für ein Ehepaar, das völlig in einem begrenzten Familienleben aufging (wie weiland die glückliche Ehe meiner Eltern). Doch wir litten getrennt und doppelt.

Es sollte noch viel schlimmer kommen. Das Wunschkind stellte uns eines Tages auf eine harte Bewährungsprobe. Gilda war zusammen mit Freunden bei einem Autounfall schwer verunglückt. Wahrscheinlich würde sie nie mehr gehen können. Das Damoklesschwert einer Querschnittslähmung hing unerträglich lange über ihr, über uns. So kurz wie möglich will ich die folgenden Monate streifen. Nach mehreren Operationen holten wir sie nach Hause. Herta richtete ihr das größte und hellste Zimmer unserer Dachwohnung ein, mit Blick über den Burghof und auf die Nordbastei, auf den ebenerdigen Laden der Paulens mit zunehmendem Touristenbetrieb. In diesem, wenigstens etwas dem Leben zugekehrten Raum, den Gilda im Laufe zweier Jahre mit ihrer Verzweiflung, später mit ihrem erwachenden Lebenshunger füllte, traf sich die Familie. Dort nahmen wir alle Mahlzeiten ein. Gilda wurde umsorgt von der besten Krankenpflegerin der Welt, ihrer Mutter. Wenn ich Hertas Geduld am Krankenbett ihrer Mutter vorbehaltlos bewundert hatte, an Gildas Elendslager war sie unvergleichlich. Aus eigener Kraft, und natürlich unter dem Druck der Verhältnisse, hörte sie auf zu trinken. Ein kleines Glück.

Nach einem Jahr, zaghaft erst, dann deutlicher, kam uns das unfaßlich anmutende große Glück zu, Gildas hilflosen Körper von Tag zu Tag beweglicher werden zu sehen. Nach Monaten eisernen Trainings konnte sie die Beine wieder bewegen, aufstehen, an Stöcken umher-gehen und fortlaufend ihre Kreise ein wenig weiter ziehen.

Während der grausamen Zeit der Lähmung hatte sie zu malen be-gonnen. Kleine Aquarelle, farbig recht ansprechend, immer das gleiche Motiv – wie konnte es anders sein? Den Blick aus dem Fenster auf den Burghof, das Bollwerk mit dem Garten, den Nordturm – im Wechsel der Jahreszeiten, bei Sonne, Regen, Nebel, im Licht des Mondes. Auf mei-ne Anregung hin, auch mal was anderes zu versuchen, meinte sie, es sei halt das einzige Stück Natur, daß sie mit den Augen erreichen kön-ne.

Ein Tag der Wende war es, als Gilda zum ersten Mal das Haus ver-ließ. Langsam zwar und hinkend, schon ohne Stöcke, ihre Bilder unter den Arm geklemmt, um sie den Damen Paulens zu zeigen.

Der Silhouettenschneider

Herta sah sie gehen, rührte sich nicht vom Fenster, künftige Schrecken in den geweiteten Pupillen, bis unsere Tochter endlich recht munter zurückkehrte.

Die alten Mädchen bekam sie zwar nicht zu sprechen, lediglich die neue Hilfskraft, ein Franzose, war im Laden anzutreffen gewesen. Das heißt, neu war der Mann eigentlich nicht. Vor einem Jahr etwa hatten ihn die Damen in den Turm aufgenommen. Herta drückte es anders aus: Den Hexen sei er ins Garn gegangen, und ihnen nun zeitlebens verfallen und dienstbar. Wie auch immer, er hatte Gildas Aquarelle begutachtet, schien mit Anerkennung nicht hinterm Berg gehalten zu haben, und dementsprechend war die Stimmung unserer Tochter.

»Der Franzos' versteht eine Menge vom Geschäft. Schmeißt den Laden fast allein. Er sagt, daß meine Bilder leicht an den Mann zu bringen wären. Ich hab' sie alle dagelassen. Vielleicht kann ich auf diese Weise selbständig werden.«

Herta machte vergebliche Anstrengungen, unsere Tochter auf den Boden der Tatsachen zurückzuholen. Ausgerechnet meine Frau!

»Was der Franzose sagt, ist ohne Bedeutung. Das letzte Wort haben auf jeden Fall die Hexen. Außerdem, sehr gut floriert der Kunst- und Andenkenhandel nicht. Ich kriege doch mit, was sich da drüben tut. Und uns denen aufdrängen, das kommt überhaupt nicht in Frage, verstanden!«

Gilda war von den ungewohnt schroffen Worte ihrer Mutter tief gekränkt. Ich versuchte einzulenken. »Warten wir ab, was die Tanten sagen.«

Aber ein neuer Mißklang hatte sich bei uns eingenistet. Am nächsten Tag, so zeitig es ging – vor zehn Uhr wurde das Ladenlokal nicht geöffnet – hinkte Gilda zum Turm hinüber. Ich sah Herta stumm und starr am Fenster verharren, sie tat mir leid und ich stellte mich zu ihr.

Soeben verschwand Gilda hinter der Ladentür. Sie trug seit dem Unfall weite, lange Röcke. Das kaschierte besser als die engen Jeans ihre Behinderung. Herta seufzte tief auf, als ob die ganze Last des Bollwerks auf ihre Seele drücke, und wandte sich mir zu:

»Wenn Gilda nicht all das hinter sich hätte – am liebsten würd' ich ihr den Besuch im Turm verbieten.«

»Dafür dürfte sie zu alt sein, außerdem kam sie so angeregt zurück, direkt fröhlich. Ist es nicht wichtig für sie, eine kleine Perspektive gefunden zu haben?« fragte ich arglos.

Herta war anderer Meinung. Sie spielte in meinen Augen Kassandra, die Schwarzseherin. »Verlieben wird sie sich in den hergelaufenen Burschen. So oder so, es wird Verdruß geben.«

»Du siehst wieder Gespenster. Aber man könnte ja für alle Fälle etwas dagegen unternehmen. Was hältst du von einer Reise? Ja, verreist ihr zwei ruhig. Gilda ist so weit hergestellt, daß sich eine Nachkur direkt anbietet.« Herta nickte zweifelnd und besorgt.

Beim Mittagessen, Gilda war recht lange fort gewesen, kamen wir kaum dazu, unsere Reisevorschläge anzubringen. Unsere Tochter machte uns glatt mundtot. Übersprudelnd und lebendig wie in früheren Zeiten gab sie sich. Selbst ihre Augen redeten mit, ihr rotgoldenes Haar knisterte.

Die Schwestern Paulens waren gleichfalls von Gildas Kunstwerken angetan, hatten alle in Kommission genommen.

»Damit riskieren sie nichts.«

Gilda überhörte den Einwand und erzählte uns den Lebenslauf des Franzosen. Mit allen Details mußten wir ihn über uns ergehen lassen. Zugegeben, ein ungewöhnliches Schicksal, ich werde es der Vollständigkeit halber an geeigneter Stelle notieren. Immerhin wurde Jean Marand zur Schlüsselfigur unseres eigentlichen Unglücks – wie könnte ich etwas über ihn auslassen?

Nachdem Gilda sich einigermaßen leer erzählt hatte, gelang es ihrer Mutter endlich, mit schwindender Überzeugungskraft von unseren Reiseplänen zu reden. Sie wußte inzwischen so gut wie ich, daß sie vor tauben Ohren predigen würde. Mochte er noch so verlockend sein, unser Vorschlag, wir hatten Gilda freigestellt, einen Ort ihrer Wahl auf dem Kontinent zu nennen. Ihr Wunsch würde erfüllt. Allein, es reizte sie zur Zeit nicht im geringsten.

Warum wir sie ausgerechnet jetzt von daheim weglotsen wollten, wo es endlich einmal interessant zu werden versprach?

Und die kolossale Befriedigung, die darin lag, eigenes Geld durch ihr neuentdecktes Talent zu verdienen – warum wir dafür gar kein Verständnis zeigten? Schließlich lag das Malertalent ja in der Familie. Kaputtmachen wollten wir ihre neuen Chancen. Nein, eine Kunstakademie wollte sie nicht besuchen. Ihre ureigene Malweise, durch die lange Krankheit mit zwingender Gewalt aufgebrochen, würde auf einer Akademie nur zerstört. Und wenn Mutter sich auf den Kopf stelle, sie ginge weiterhin in den Turm zu den Paulens rüber, so oft und so lange sie Lust dazu habe. Schließlich sei sie mündig.

Da hatten wir's und es blieb alles beim alten. Das heißt, es blieb natürlich nichts wie es war. »Es« hatte gerade erst begonnen. Nach kurzem ging Gilda abends mit Jean, dem hängengebliebenen Silhouettenschneider, aus. Zugegeben, er war ein freundlicher, eigentlich recht passabler Mann. Natürlich hatten auch ihm Haupt- und Barthaar das Gesicht überwuchert. Selbstverständlich trug er verwaschene, ausgefranste Jeans oder Cordhosen. Doch das störte mich – im Gegensatz zu Herta – längst nicht mehr. Viel schlimmer war, daß Mutter und Tochter lautstarke Auseinandersetzungen bei Tisch austrugen, und Herta, im Anschluß daran, wieder mit dem Trinken begann.

»Noch bin ich jung, wenigstens ein bißchen«, hatte Gilda verzweifelt ausgerufen. »Und trotz meiner Behinderung will ich nicht auf Liebe verzichten! Was kann ich groß an Ansprüchen stellen: Da trifft es sich doch wunderbar, daß Jean und ich eine Menge gleicher Interessen haben. Und warum soll er nicht endlich ein bürgerliches Leben führen dürfen und heiraten, wenn er will. Könnt ihr mir das einmal verraten? Himmel nochmal, ihr mit euren ewigen Vorurteilen. Natürlich meint er es ehrlich. Denkst du vielleicht, Mutter, es könnte sich keiner mehr in mich verlieben? Vielleicht verfüge ich trotz meiner lahmen Hüfte über mehr Sex als du in deinem ganzen Leben ausgestrahlt hast!«

Wir hatten Gilda in den letzten zwei Jahren zuviel durchgehen lassen. Sie nutzte unsere Langmut aus und verwundete insbesondere ihre Mutter zutiefst.

Herta kämpfte trotz ihrer Wunden verbissen um unser einziges Kind. Sie führte ihr die Schwierigkeiten einer Ehe mit Jean vor Augen, einem Mann, der kein geregeltes Familienleben kannte, ein Landstreicher sozusagen, machte ihr klar, daß sie mit keiner Unterstützung oder Mitgift rechnen könne, falls sie gegen unseren Willen in das Bollwerk einheirate. Darauf liefen die Pläne des jungen Paares – mit dem Einverständnis der Schwestern Paulens – hinaus: ein Zusammenleben und -arbeiten der alten Damen mit den beiden Künstlern.

Wir trieben bereits die letzten Tage vor dem Verhängnis auf stürmischer See dahin, wie Eisberge auf Kollisionskurs. Als ich es nicht länger aushielt, nahm ich mir meine Tochter vor.»Bitte, sei jetzt ehrlich zu mir und zu dir selbst. Liebst du den Mann wirklich so sehr, um eine Ehe darauf gründen zu können, oder gedenkst du ihn zu heiraten, aus dem verständlichen Wunsch nach mehr Selbständigkeit? Nicht wahr, dir ist viel daran gelegen, möglichst schnell von deinen Eltern fortzukommen?«

Ich war keineswegs erleichtert, vielmehr auf unbestimmte Weise bedrückt, als ich endlich ausgesprochen hatte, was ich schon lange einmal sagen wollte.

Gilda mühte sich um eine ehrliche Antwort. Ihr Wunsch zu heiraten schließe sicher beide angeführten Gründe ein. Ja, sie liebe Jean, wie lange die Liebe dauern werde, mit Gewißheit könne dies wohl kein Paar sagen. Dabei blickte sie mich herausfordernd an, und ich konnte ihren prüfenden Augen nicht standhalten.

Es sei jedoch gleichfalls richtig, daß sie Angst davor habe, zeitlebens mit uns zusammenwohnen zu müssen. Obwohl sie uns auf ihre Weise sehr sehr gern habe. Irgendwie kämen wir ihr leblos vor. (Oh Gott, das habe ich auch von meinen Eltern gedacht.) Bereits als heranwachsendes Mädchen habe sie gespürt, daß bei uns nichts mehr laufe. Mit mir allein, oder nur mit Mutter zusammen, fühle sie sich wohler, als wenn wir in Familie machten.

Ich war erschüttert, obwohl sie mir nichts Neues gesagt hatte. Zum Schluß flehte sie mich an, bei ihrer Mutter ein gutes Wort einzulegen. Die Hochzeit sei nun mal fest beschlossen. Sobald Jean seine Papiere zusammen habe, würde geheiratet. Nur, ohne Zustimmung und Hilfe von zu Hause würde das am Anfang sehr schwer sein. Zudem könne es im Turm keiner recht verstehen.

Als Gilda ging, verwandelte sich meine Niedergeschlagenheit in ausweglose Trauer. Ich wußte, mit Herta war nicht zu reden, schon gar nicht, wenn eine Sache mit dem Bollwerk zusammenhing. Da hakte es bei ihr aus, da spielte sie verrückt. Lieber Himmel, wenn der Mann nun wirklich den aufrichtigen Wunsch hatte, in unserer Stadt seßhaft zu werden – warum denn nicht? Und warum sollte er nicht unsere Tochter heiraten? Irgend ein Mädchen mußte es ja sein. Vorausgesetzt, er hatte sie trotz ihrer Behinderung lieb und spekulierte nicht auf eine Mitgift. Ich konnte mir sogar vorstellen, daß Gilda der ganze Betrieb im Turm Spaß machte, sie zu eigener Produktion anregen und von ihren körperlichen Beschwerden ablenken würde.

Freilich, das Zusammenleben mit den alten Damen auf verhältnismäßig engem Raum würde sich als eine schwer zu knackende Nuß herausstellen, schwieriger, als die Mitwirkenden vorerst annahmen. Ich mußte nur an den mangelnden Ordnungssinn unserer Tochter denken. Dann fiel mir ein, wie ich mich in die noch engere und kargere Wohngemeinschaft mit Herta und ihrer Mutter eingefügt hatte, doch das waren andere Zeiten gewesen. Was nützten meine Überlegungen, Herta würde nie dieser Verbindung zustimmen!

Genau genommen war Jean ein bedauernswerter Mensch. Ein fast unwahrscheinlich anmutendes Schicksal hatte ihn zu einem Gratwanderer werden lassen. Seine Geschichte will ich nun erzählen, wie Gilda sie uns vortrug, liebevoll-mitleidend.

Schuld an seinem Unglück war einmal mehr der Krieg, der Vater aller bösen Dinge. Jean geriet als kleines Kind unter seine alles zermalmenden Räder. Der Vater in deutscher Kriegsgefangenschaft, die Mutter – entweder in Furcht und Schrecken vor der heranziehenden Endkatastrophe, oder von dem Wunsch beseelt, frei und ungebunden eigene Wege gehen zu können – brachte den Kleinen in ein Kinderheim auf dem Land. In leiblicher Hinsicht war er dort in Sicherheit, seiner Seele wurden dafür umso tiefere Wunden geschlagen. Seine Verzweiflung über das plötzliche, unbegreifliche Ausgesetztsein tat er zu Anfang durch unaufhörliches Schreien, später durch Apathie kund. Jean konnte nicht mehr angeben, in welchen Zeiträumen sich diese frühkindliche Deprivation abgespielt hatte. Als er sich einigermaßen an seine weißgekleideten Betreuerinnen in dem gleichfalls weiß gehaltenen Heim gewöhnt, als er sich notgedrungen mit dem Verlust der Nestwärme und dem Verlust einer farbigen Umwelt abgefunden hatte, gab es neues bebendes Erschrecken. Da drang mit einem Mal ein dunkelbärtiges Wesen in seinen Lebenskreis ein. Für Jean, den bisher ausschließlich Frauen umhegt hatten, war es ein gewaltiger Schock, als der schwarzhaarige Mann ihn auf den Arm nahm und behauptete, sein Vater zu sein. Da half es nichts, daß der Kleine wieder sein gefürchtetes Dauergebrüll anstimmte. Der Fremde riß ihn aus der fragwürdigen weißen Geborgenheit, um ihm fortan in einer neuen ärmlichen Behausung seinen Platz zuzuweisen. Jean konnte sich erinnern, daß der unbekannte Mann, der angab, sein Vater zu sein, sich anfänglich redliche Mühe gab, den kleinen Schreihals freundlicher zu stimmen. Doch der durchjammerte die Nächte nach seiner »Mama«, deren Bild, anstatt mit der verrinnenden Zeit blasser zu werden, an Deutlichkeit gewann. Wo blieb sie nur, die schöne, weiche, duftende Mama? Der dunkle Mann gab immer die gleiche Antwort: Sie ist weg, frag nicht so viel. Es hat keinen Zweck. Die kommt nicht zurück.

Aber nicht nur Mama war fort, auch all die hübschen Dinge gab es nicht mehr, an die er sich zwar nur vage, aber mit wachsender Sicherheit erinnerte. Der weiche Teppich, auf dem er überm Spielen oftmals eingeschlafen war. Dichte lange Vorhänge, hinter denen er sich verstecken konnte, um es doch niemals abzuwarten, bis Mama ihn fand. Große blanke Flächen, aus denen wie durch Zauberei eine zweite, genauso schöne Mama ihm zulächelte. Sprechen konnte er mit niemandem über diese Dinge, dazu fehlten vorerst die Worte. Nicht mit Papa und erst recht nicht mit der drallen Person, die Mann und Kind eine Weile betreute, um bald darauf gleichfalls zur Familie zu gehören.

»Das ist jetzt deine Mutter«, sagte der Mann, und es dauerte nicht lange, da bekam Jean strohblonde Geschwister: einen Bruder, eine Schwester und so fort, bis fünf Kinder das kleine Haus mit unüberhörbaren Forderungen füllten und um den stillen Ältesten ihre lärmenden Kreise zogen. Zwar war er voll ins Familienleben einbezogen, vor allem, wenn es galt, die zahlreichen Geschwister zu hüten oder zunächst kleine, später umfassendere Hilfe zu leisten. Dem Vater blieb er nach wie vor fremd. Er hatte begriffen, daß es gescheiter war, nicht weiter nach der anderen Mama zu fragen. Da mußte es etwas geben, für ihn nicht verständlich, das den Vater gegen sie aufbrachte. Die neue Mutter gab sich Mühe, das Stiefkind nicht allzu sehr zu vernachlässigen. Für zärtliche Regungen blieb ihr bei der eigenen Brut kaum Zeit. Das einzige, was das Gemüt des Kleinen erwärmte, war die Erinnerung. Die Erinnerung an die wahre Mama. Und immer mehr gewann sie an Leuchtkraft. Er träumte vor sich hin, wenn ich groß bin, gehe ich sie suchen. Diesen Gedanken pflegte und hegte er nicht nur in den stillen Abend- und Nachtstunden, er begleitete ihn zu jeglicher Uhrzeit und machte ihn zu einem Tagträumer. Da war besonders ein Bild, das mit einem Male – wie eine Luftblase aus morastigem Grund – an der Oberfläche seines Bewußtseins auftauchte. Deutlich sah er das Profil der Mutter vor sich. Sie saß im Dunkeln an seinem Bett, hielt beruhigend seine Hand, obwohl sie selbst, das Gesicht halb dem Fenster zugewandt, angstvoll auf ein fernes Grollen lauschte. Später erst machte er sich klar, das war der Krieg. Der Mond stand voll im Fenster und das Profil der Mutter hob sich mit einprägsamer Klarheit von der Helligkeit der verstörten Nacht ab, belichtete seine Netzhaut und blieb für alle Zeit als abrufbares Bild darin bestehen.

Als Jean zur Schule kam und Tafel und Griffel ihm gehörten, versuchte er damit, der bildhaften Erinnerung Ausdruck zu geben. Der Versuch mißlang, und damit verlor er das Interesse an der Schule.

»Was soll bloß aus dir werden?« kümmerte sich der Vater. Bald würde Jean kein Kind mehr sein und mußte selbst zusehen, wie er sich durchs Leben schlug. Es gab genug jüngere Mäuler zu stopfen. Das Ende der Schulzeit rückte näher, und der seit langem gehegte Verdacht, Opfer einer Kindesverwechslung geworden zu sein, fand endlich die entsprechenden sprachlichen Möglichkeiten – und Jean sprach. Zum ersten Mal hatte sein Verdacht greifbare Kontur gewonnen, als er in der Nachbarschaft vorsichtige Erkundigungen nach seiner Mama angestellt hatte. Auf sein hartnäckiges Bohren hin erfuhr er, widerwillig zwar, daß seine leibliche Mutter eine liderliche Person gewesen wäre. Als sie die Nachricht von der Gefangennahme des Vaters erhielt, habe sie ihn in ein Kinderheim abgeschoben, um ungestört mit Soldaten von hüben und drüben verkehren zu können. Sie tauchte mit ihnen unter und nie mehr auf, galt seitdem als vermißt. Wie sie ausgesehen habe, erkundigte sich Jean mit vor Scham brennenden Wangen, dennoch im sicheren Glauben, daß die geschilderte Frau nichts mit seiner Mama zu tun haben könne. Na, eben dunkelhaarig und brunett, wie eine Zigeunerin, ähnlich wie Jean selbst. Eines nun wußte der Junge genau: Seine Mama war blond gewesen, sanft und leise. Niemals hatte es da andere Männer gegeben. Sie konnte süße Musik machen – ja natürlich, da mußte es ein Klavier gegeben haben. Deutlich sah er sich auf die weißen und schwarzen Tasten schlagen, freilich, wenn Mama das machte, war es unvergleichlich.

Er faßte sich ein Herz und offenbarte sich dem Vater. Bei der Schilderung des »wahren Elternhauses« wußte er plötzlich so viele Einzelheiten aufzuzählen, daß der Mann unsicher wurde, und die Möglichkeit einer Verwechslung unter den damals waltenden Verhältnissen nicht völlig ausschloß. Aber dann wischte er vor den ungeheuren Schwierigkeiten eines Wiederaufnehmens aller Geschehnisse der letzten Kriegsphase und eingedenk seiner geringen materiellen wie rechtlichen Möglichkeiten das Gespräch vom Tisch. Hatte er nicht den Knaben zwölf Jahre wie einen wahren Sohn unter seinem Dach gehalten? Außerdem kannte er ihn als Tagträumer und Phantast, und so war es gleichfalls denkbar, daß er das alles nur erfunden hatte, um sich interessant zu machen. Der Vater gab ihm den Rat, ein Handwerk zu erlernen, und sobald es seine eigenen Mittel und die Zeit erlaubten, sein weiteres Geschick und eine eventuelle Suchaktion selbst in die Hand zu nehmen.

Jean, der nicht sonderlich kräftig erschien, kam zu einem Schneider in die Lehre und hantierte fortan mit Nadel und Schere. Als er eines Tages die blanke Schere in Händen hielt, um einen Kragenschnitt vorzubereiten, lockte es ihn mit unbezwinglicher Macht, das Profil der Mama, das vor seinem inneren Auge stand, nachzuschneiden. Wider Erwarten gelang das. Im Anschluß daran versuchte er, die Schattenrisse der Arbeitskollegen und Familienmitglieder aus dem Stand heraus in Papier zu schneiden. Wieder geriet es und immer wieder und zum ersten Mal in seinem Leben erntete er Lob und Anerkennung. Vom selbstverdienten Geld kaufte er sich eine eigene, zweckmäßige Schere und Schwarzpapier, und ohne daß ein Vorzeichnen oder Skizzieren vonnöten gewesen wäre, wurden seine Arbeiten sicherer und origineller. Nun flog die Zeit vorbei, und ehe er sich versah, war er achtzehn Jahre alt, die Lehre beendet und er konnte hinaus in die Welt ziehen. Das Kinderheim, nach dem er sich beim Vater erkundigt hatte, bestand nicht mehr. Zu viel unruhige Zeit war verflossen. So suchte er auf gut Glück nach der Mutter, in Straßen, auf Plätzen, zunächst im eigenen Land, dann durch halb Europa trampend. Er blickte den Menschen voll ins Gesicht, prüfend suchend, wiederholte mit der Schere, was er sah, seine Kunst wurde ausdrucksvoll, er konnte davon leben, mal besser, mal schlechter. Manchmal blieb er irgendwo hängen, schloß Freundschaften, er lernte Sprachen, besorgte sich Bücher, erfuhr Grundlegendes über die eigene Kunst, die Kunst der Silhouette, über ihre Herkunft und ihr Alter.

Gilda, ganz im Bann von Jean's Erzählung – er muß ein hinreißender Erzähler gewesen sein, und manche Frauen, sagt man, lieben mit den Ohren –, berichtete uns begeistert vom Ursprungsland China, wo man in grauer Vorzeit die Schatten gleichsetzte mit den Seelen, die ihre toten Körper verlassen hatten. Und wie aus diesem Glauben die ersten mystischen Schattenspiele entstanden. Ying Yang nannte man die Figuren des Spiels und diese Schattengestalten waren gleichzeitig die ersten Silhouetten. Das Spiel von Yang und Ying reichte also tief hinein in die religiöse Vorstellungswelt der Frühzeit, in die auch Geister und Dämonen eingeschlossen waren, schemenhafte Wesen, gleich den Seelen der Verstorbenen. Diese Schemen mußten sich ebenfalls auf ein Schattendasein beschränken, ein Dasein in bloßen Umrissen, denn ein genaues Porträtieren ließen die Vertreter der Geisterwelt nicht zu.

Spätere Zeiten beraubten die Mysterienspiele ihres transzendenten Charakters. Bänkelsänger führten sie fortan mit mancherlei Brimborium als profane Kunst auf den Jahrmärkten des Reichs der Mitte auf. Von dort gelangte die Kunst des Schattenspiels in andere Länder Asiens. Java vor allem. Doch bis sie zu uns, genauer in das England Shakespeares kommen konnte, vergingen Jahrhunderte. Und wiederum versank eine Kulturepoche, bis der Scherenschnitt von England aus in Frankreich und bald darauf auch in Deutschland (Goethe in Weimar) Einzug halten konnte. Nach Frankreich wurde er von dem sparsamen Grafen Silhouette gebracht. Der Edelmann, der zum Studium der Finanz- und Wirtschaftswissenschaften in England weilte, war von der schlichten Schwarz-Weiß-Kunst äußerst angetan. Denn mit einem Bruchteil des Aufwands, der für ein Ölgemälde benötigt wird, läßt sich auch ein unverwechselbares Konterfei im Schattenriß herstellen. Der Name des Grafen Silhouette als Überbringer der Schwarz-Weiß-Kunst auf den Kontinent hat Jahrhunderte überlebt, als Reformer der verschwenderischen Finanzwirtschaft der französischen Könige ist er in Vergessenheit geraten.

Und Jean wußte von den Scherenschnitten der bäuerlichen Künstler aus dem Berner Hochtal zu berichten, deren farbige Werke vor rund hundert Jahren entstanden, heute ein eigenes Museum in Bern füllen und mit Gold nicht aufzuwiegen sind.

Weit herumgekommen und auf besondere, unakademische Weise gebildet war Jean Marand, als er eines schönen Tages in unsere Stadt gelangte. Auf der Suche nach einem guten Standort für sein Metier und einem billigen Schlafplatz erreichte er die Burg, die an dem warmen Septembertag von Besuchern wimmelte. Er bat die Schwestern Paulens um Erlaubnis, ein paar Tage vor ihrem Ladenlokal arbeiten zu dürfen, bevor er weiterziehe. Er zog nie mehr weiter, es sei denn, den kurzen Weg vom Wall zum Friedhof im Tal.

Jean Marand, fünfunddreißig Jahre alt – so steht auf dem Holzkreuz. Ob die Angaben stimmen? Er selbst wußte es nicht genau. Nein, der Jüngste war er nicht mehr, begreiflich sein Wunsch, allmählich seßhaft zu werden. Was sage ich da? Seßhaft war er bereits, als er Gilda kennenlernte. Bürgerlich wollte er werden, durch eine Heirat mit der Tochter aus gutem Hause. Seine Mama zu finden, dies unsinnige Vorhaben hatte er bald nach seinem Aufbruch in die Welt an den Nagel gehängt. Der kräftigste war der ehemalige Schneidergeselle jedenfalls nicht. Schon denkbar, daß eine handfeste, aufgebrachte Frau ihn von der Mauerbrüstung stoßen konnte, als er darauf hockte.

Für ausgeschlossen halte ich es, daß eine der alten Damen das fertiggebracht haben soll. Ich sehe kein Motiv. Es herrschte ausgesprochene Harmonie im Turm.

Jean hatte reichlich Kundschaft vor dem Turm gefunden. Die Touristen umlagerten ihn förmlich. Ich muß sagen, auch auf mich wirkte er gleich sympathisch, mit seinen feinen Gesichtszügen, welche der wabernde Haarwuchs nicht verbergen konnte. In wenigen Minuten schuf er seine vorzüglichen Porträts. Mittags luden ihn die Schwestern zum Essen ein. Er erwies sich als liebenswürdiger, unterhaltsamer und gebildeter Tischgast. Er erzählte ihnen seine Lebensgeschichte, die niemand ohne Betroffenheit und Anteilnahme hören konnte, besonders die alten Damen nicht. Er erwies sich als Blumenkenner und -liebhaber, als Fachmann für Bilder und Antiquitäten, er sprach fließend mehrere Sprachen, war aufmerksam und hilfsbereit, verstand etwas von französischer Küche. Nachdem er am Nachmittag noch einmal vor dem Bollwerk als Silhouettenschneider mit seinen feinen Händen, ich möchte mich sogar dazu versteigen und behaupten, seinen aristokratischen Fingern, fungiert hatte, mußte sich in Zukunft jedermann in den Laden der Damen bemühen, der Nase, Stirn und Kinn als gebannten Schatten in die Hand gedrückt haben wollte.

Die Schwestern waren mit sich zu Rate gegangen und zu dem Beschluß gelangt, daß sie nichts dringender benötigten, als einen Mitarbeiter von Jeans Qualitäten. Es ließ sich alles prächtig an. Er bezog ein Zimmer im obersten Turmgeschoß, das bisher ungenutzt geblieben war. Zwei Jahre wohnte er hier, war mittlerweile zum Geschäftspartner avanciert und wollte verständlicherweise die erste ihm angebotene und freigewählte Heimstatt nie mehr verlassen. Er war des Herumziehens müde. Das wenigstens blieb ihm erspart, wieder hinausziehen zu müssen in die Fremde, allein dem Alter entgegen. Mit Sicherheit hatte er Liebschaften, auch in unserer Stadt. Der Wunsch nach einer festen Bindung sei ihm gekommen, behauptete er, als Gilda mit ihren Aquarellen im Turm aufkreuzte. Sie habe ihn an das Bild seiner Mutter erinnert, das er immer noch in sich trage.

Gilda war ein Mädchen mit rotgolden verwehtem Haar, etwas kleiner und weicher als Herta, und ohne deren abweisende Unnahbarkeit, aber auch ohne ihre klassische Schönheit. Ein Mädchen am Ende ihrer Jugend, fast dreißig, für immer behindert, doch mit dem starken Willen ausgestattet, sich ein eigenes Leben, notfalls gegen sämtliche Widerstände, aufzubauen.

Es mußte kommen, wie es gekommen ist, ich meine, daß die jungen Leute sich gegenseitig anzogen, ist gut zu verstehen. Herta hatte es als erste geahnt. Gleiche Interessen und Liebhabereien, beide nicht voll in die eigentliche Gesellschaft der Stadt integriert, aus verschiedenen Gründen zu kurz gekommen. Waren das nicht auch Herta und ich? In gewissem Sinn Benachteiligte durch unsere ausgeprägte Kontaktschwäche.

Warum verweigerte meine Frau dem jungen Paar die Zustimmung? Vielleicht wäre alles besser gegangen als befürchtet.

Bleib bei der Wahrheit, Holgersen. Du weißt, was hinter Hertas Ablehnung steckte. Es waren die Schwestern Paulens, die sie mit ihrem schroffen Nein treffen wollte. Es war die Haßliebe zu dem Turm.

Ich habe eine Pause eingelegt, habe den dahindämmernden Jahren nachgesonnen. Diese Eisblöcke von Unausgesprochenem zwischen uns. Ich will und werde sie auftauen, auch bei Herta spüre ich manchmal eine zunehmende Bereitschaft.

Noch ein wenig Geduld, alter Holgersen für den letzten Akt des Dramas. Die Rätsel um den Tod des Franzosen wollen niedergeschrieben sein und vielleicht ihre Auflösung. Zunächst gab es weiterhin schlimme Szenen zwischen Mutter und Tochter. Gilda hatte den Steinbach'schen Starrsinn geerbt. Nichts konnte sie von dem einmal gefaßten Entschluß der Hochzeit abbringen. Nur die Papiere von Jean ließen immer noch auf sich warten. Gilda versuchte erneut, sich meiner Beihilfe zu vergewissern. »Es könnte meine letzte Chance sein, Vater. Ich hab' soviel Jugend versäumt durch den Unfall, laßt mich doch endlich nach meinen Vorstellungen glücklich werden.«

Als ob wir Gilda jemals etwas verweigert hätten!

Inzwischen war ein Unwetter aufgezogen, das unser knarrendes Lebensschiff noch ärger in Bedrängnis brachte.

Eugenia, die stille Schwester Paulens, war früh am Morgen mit gebrochenem Genick am Fuß des Nordturms gefunden worden. Ihr Gesicht wirkte im Tod seltsam veredelt, als habe ein überirdischer Maskenbildner ihren innigen Wunsch nach Schönheit in allerletzter Minute erhört. Die von mir hinzugerufene Gendarmerie nahm zunächst Selbstmord an. Die Frau habe sich wohl von dem freien Umgang des Turms gestürzt, dessen niedrige Brüstung leichte Möglichkeit dazu bot. Doch dann meldeten sich einige Zeugen, die berichteten, Gilda am Abend in heftigem Wortwechsel mit der allgemein als still und ruhig bekannten Eugenia erlebt zu haben. Beide wären hintereinander die Turmspindel hinaufgerannt.

Gilda wurde verhört, das alles war ihr schrecklich. Ich spürte, wie sehr mein Mädchen unter den Beschuldigungen litt. Doch es sollte sich alles rasch und schnell aufklären.

Ja, da wäre eine etwas laute Meinungsverschiedenheit mit Eugenia im Laden gewesen. Es ging um den Einbau einer kleinen Küche für das junge Paar. Die Schwestern waren der Meinung, dies sei überflüssig, ein gemeinsames Haushalten wäre bestimmt die bessere, weil zeit- und geldsparende Lösung. Mit Jean, dem tüchtigen Küchenmeister habe schließlich auch alles bestens geklappt. Sicher wollten sie in Zukunft nicht auf Jeans Kochkünste verzichten, Gilda hingegen beharrte auf einer eigenen Kochgelegenheit. Ein wenig Privatsphäre stehe jedem jungen Paar einfach zu. »Das kann doch wohl kein Thema gewesen sein, um eine alte Frau in den Tod zu treiben.« Aber sie wäre Frau Paulens bis zur freien Plattform nachgelaufen und beim Sturz zugegen gewesen. Das hatten gleichfalls Zeugen zu Protokoll gegeben.

»Ja«, schluchzte Gilda, ich bin die Treppe langsam hochgehinkt. Als ich oben ankam, konnte ich zu meinem Schrecken niemanden sehen, und als ich mich über die Brüstung beugte, entdeckte ich voll Entsetzen, daß der tödliche Sturz geschehen, die alte Frau zerschmettert am Boden lag. Gilda brach in heftiges Weinen aus. Einer der Zeugen, der bereits genannte Herr März, bestätigte Gildas Bericht. Er hatte beide Frauen zeitlich hintereinander auf der Plattform erscheinen sehen, dann war nur noch Gilda zu erblicken, und März glaubte, die alte Frau sei wieder die Treppe hinabgestiegen. Es war die Zeit der langen hellen Tage. Jedenfalls konnte man unserer Tochter keine Schuld nachweisen, sie solle sich aber für weitere Vernehmungen bereithalten. Merkwürdig war die Tatsache, daß Gilda von dem Unfall keine Meldung machte, und die Tote bis zum anderen Morgen am Fuß des Turms liegenbleiben mußte. März unternahm ebenfalls nichts. Cäcilie war der Meinung, die Schwester sei früh zu Bett gegangen, wie das bisweilen vorkam. Gilda behauptete, sie sei derartig geschockt gewesen und zu nichts anderem mehr fähig, als sich in ihr Zimmer zu verkriechen.

Dann erhielt, schneller als erwartet, die Mordkommission den Bericht über die Obduktion: Eugenia litt an Bauchspeicheldrüsenkrebs im letzten Stadium. Es war wohl eine Verzweiflungstat gewesen. Ihrer Schwester hatte sie nach dem letzten Arztbesuch auf's äußerste bedrückt gestanden: »Ich bin am Ende meiner Kraft. Nicht die kleinste weitere Belastung meiner Lebensverhältnisse kann ich mehr wegstekken. Es ist wahrlich genug gewesen.«

Ähnlich dachten auch wir Holgersens. Es war genug. Und doch kam alles noch viel bedrohlicher und vernichtender.

Der Anfang vom Ende

Es nahte der Abend des 24. Septembers. Wir hatten zusammen zu Abend gegessen, eine Gesellschaft von Taubstummen. So früh es ging, stand ich auf, der lastenden Gemeinschaft zu entrinnen. Bevor ich in meinem Studio verschwand, blieb ich vor der geöffneten Tür von Hertas Zimmer stehen. Das breite Fenster umschloß wie ein Rahmen die nächtliche Kulisse des Bollwerks. Der Mond schraubte sich als Messingknopf auf die Turmdachspitze. Darunter, auf den Mauern, sah ich die Katzenschar umhergeistern. Und zwischen ihnen stand Jean. Irgendwie wirkte er verloren. Ich sah den roten Punkt seiner Zigarette aufglühen, es kam mir vor wie ein gefährliches Signal. Wer mochte als Unterlegene bei dem Ringen um ihn auf der Strecke bleiben, Mutter oder Tochter?

Wenig später hörte ich Hertas leichten Schritt und verzog mich eilig in mein Revier.

Am nächsten Morgen machte ich mir wie gewöhnlich mein Frühstück allein zurecht. Ich esse wenig: etwas Toast mit Honig, schwarzer Tee. In der kleinen Wohnung rührte sich nichts.

Erst gegen Mittag hörte ich auf dem Amt die furchtbare Neuigkeit: Jean Marand, Gildas Bräutigam, war tot am Fuß des Bollwerks gefunden worden. Er lag in einer Lache von schwarzem Blut, eine klaffende Wunde am Hinterkopf, das Genick gebrochen. Das Gesicht wie im Schrecken verzerrt.

Ein früher Autofahrer hatte seine Leiche entdeckt und Meldung bei der Polizei gemacht. Er war dann rasch fortgebracht worden. In der verkrampften Hand des Toten soll sich eine alte Silberkette mit frischer Bruchstelle befunden haben, erzählte man mir. Und, daß die Polizei vermute, der Mann sei gewaltsam von der Mauer gestoßen worden.

Äußerst beunruhigt lief ich nach Hause. Frau und Tochter hockten stumm in der Küche.

»Habt ihr es gehört? Das mit Jean?« rief ich atemlos vom schnellen Lauf, mehr noch vor bebender Erregung. Keine Antwort.

»Also wißt ihr es bereits«, folgerte ich mit wachsender Sorge. »Von wem?«

Herta blickte mich aus verhangenen Augen an, und meine flaue Ahnung wurde zur niedergeschlagenen Gewißheit. Herta oder Gilda, vielleicht beide, waren in die Angelegenheit verwickelt.

Tausend Geschwüre brachen in meinem Magen auf.

»So redet doch endlich, tut das Maul auf. Schließlich habe ich ein Recht zu wissen, was in meinem Haus vor sich geht«, schrie ich.

Gilda stand abrupt auf und hinkte aus dem Zimmer. »Recht«, schluchzte sie, es klang, als ob ein Hustenreiz sie schüttele. »Recht? Ich kann das Wort nicht mehr hören. Jeder will ständig im Recht sein. Soviel Recht kann es gar nicht geben, wie jeder unentwegt für sich beansprucht.«

Herta folgte wortlos. Sie tat, als ob ich gar nicht vorhanden wäre. Meine Raserei hatte mir nichts eingebracht. Jetzt verfiel ich in Totenstarre. Keiner von uns verließ in den nächsten Tagen das Haus. Wir stellten uns selber unter Schutzarrest. Es war nötig. Jeden Morgen lag Unrat vor der Tür. Die Haustür war mit einem roten »M« gezeichnet. Ich sagte kalt zu den Frauen: »Macht das weg!« Die bürgerlichen Ehrenrechte hatten wir somit alle drei eingebüßt. War diese voreilige Reaktion unserer Umwelt eine Quittung dafür, daß wir keine nachbarlichen Beziehungen geknüpft hatten, oder sind die Menschen immer so schnell dabei, ein Urteil zu fällen?

Über den Hausmeister ließ ich mich bei meiner Behörde telefonisch entschuldigen. Wie erwartet, suchten uns bereits am ersten Tag zwei Beamte von der Gendarmerie auf. Die beiden Polizisten sind doch tatsächlich die ersten erwachsenen Besucher in unserem Heim, schoß es mir durch den Kopf. Von ihnen erfuhr ich, was sich am vorigen Abend vordergründig ereignet hatte. Als uns die Kripo verließ, verfügte ich wenigstens über denselben Informationsstand wie sie. Keineswegs wußte ich mehr über die Tragödie innerhalb meiner Familie.

Die Fragen an mich waren schnell beantwortet. Ich hatte wie gewöhnlich in meinem Studio gehockt, nichts gesehen, nichts gehört. Die Frauen waren nicht einmal mit der Bitte an mich herangetreten, ihr Alibi zu erhärten. Sie wußten, daß ich Lügen auf den Tod verabscheute. Das jedenfalls warf mir Herta später knallhart an den Kopf, als ich ihr wegen mangelndem Vertrauen Vorwürfe machte. Ich hatte den Männern von der Mordkommission die Gegenfrage gestellt: ob es sich bei dem Toten nicht – wie im Falle E. Paulens – um Selbstmord handeln könne, bzw. um einen Unfall.

Dagegen spreche einiges, wurde ich kurz abgefertigt.

Nach meiner wenig ergiebigen Befragung kam Gilda an die Reihe. Ja, sie war mit Herrn Marand verlobt. Seit zwei Monaten. Kennengelernt vor einem guten Vierteljahr. Ja, es stimmte, ihre Eltern waren mit der Verbindung nicht einverstanden. Trotzdem wollten sie heiraten. Das heißt, in letzter Zeit wären ihr, Gilda, Zweifel gekommen.

Weshalb Zweifel?

Wegen der zahllosen Schwierigkeiten.

Schwierigkeiten welcher Art?

Nun ja, der Widerstand, besonders der Mutter, eine gewisse Verhärtung ihres Bräutigams daraufhin, eine Veränderung in seinem Verhalten. Auch die Vorstellung eines gemeinsamen Haushalts mit den Paulens, nun war es ja nur noch eine der Damen, habe ihr Sorgen gemacht. Nein, Cäcilie hatte nicht vor, sich in absehbarer Zeit aus dem Geschäft zurückzuziehen. Sie sah den Turm als ihre zweite Heimat an, genau wie Jean. Der wollte auch nie mehr von dort weg. Ob er Feinde hatte? In unserer Stadt wohl kaum. Vielleicht aus der Zeit seiner Wanderjahre. Da könnte man sich allerdings reichlich Gelegenheiten denken, um mit zwielichtigen Personen zusammenzutreffen. Ach ja, eine gewisse feste Verbindung nach Frankreich müsse es geben. Nein, genaueres wisse sie nicht darüber. Jedenfalls kannte Jean eine nie versiegende Quelle, die ihn mit kleinen Antiquitäten, altem Schmuck, Bildern und so weiter belieferte. Das hatte er einmal angedeutet, aber nicht näher damit herausrücken wollen. Nein, kein Name, keine Adresse.

(Welch ein Hohn des Schicksals: Am Tag nach seinem Todessturz trafen endlich die so lang erwarteten Papiere ein.)

Ob Gilda einen dunkelgrünen Pullover besitze?

»Nein«, antwortete sie, ohne zu überlegen.

Was sollte diese Frage? Hatte Gilda meines Wissens nicht doch ...?

Ob ihr das Amulett bekannt sei? Bei dieser Frage wickelte der Kommissar ein schwarz angelaufenes, bizarr geformtes Schmuckstück an einer zerrissenen Silberkette hängend vorsichtig aus einem Wolltuch. Ich konnte es sofort als spätmittelalterliches Amulett einstufen, vor etwa 400 Jahren angefertigt, zum Schutz gegen Zauberei und bösen Blick.

Der Frage nach zu schließen, mußte ein Partikel dunkelgrüner Wolle an der Bruchstelle hängengeblieben sein. Ich glaubte mich mit Sicherheit daran zu erinnern, daß Gilda noch vor kurzem einen dunkelgrünen ...

Gilda bestritt, die Halskette je gesehen zu haben.

Es folgte die letzte, entscheidende Frage. Ob sie am vergangenen Abend mit Marand zusammengewesen sei.

»Nein«, sagte Gilda, leise aber bestimmt. »Ich war den ganzen Abend nicht vor der Tür. Meine Mutter kann es bestätigen.«

»Und Ihr Vater?«

»Mein Vater sitzt abends allein in seinem Zimmer. Meist hört er Schallplatten über Kopfhörer. Er weiß nie, ob ich daheim bin oder nicht.«

Gildas Worte waren ohne Erbarmen und beschämten mich zutiefst, entsprachen jedoch den Tatsachen.

Sie riefen bei den Beamten Erstaunen und Unwillen hervor. Was das bereitwillige Ausstellen von Alibis anbelangte, waren sie bestimmt faustdicke Lügen gewöhnt. Gildas Aussage dagegen klang spontan, ungeschminkt, glaubwürdig. Sicher war es gar nicht verkehrt so. Ob ich als Vater einen denkbar schlechten Eindruck machte, hierauf kam es wahrlich nicht an.

Die Kunde vom Tod des Silhouettenschneiders mußte sich wie ein

Lauffeuer in der Stadt ausgebreitet haben. Der Kommissar führte als nächstes einen Mann an, der sich umgehend auf dem Revier gemeldet und seine Aussage zu Protokoll gegeben hatte. Es war unser Nachbar März. Er war in der fraglichen Nacht seiner Lieblingsbeschäftigung nachgegangen, ein festes Kissen in das weitgeöffnete Fenster zum Bollwerk hin zu legen, um dann bäuchlings darüberhängend alle Geschehnisse im Burghof fest im Blick zu behalten. Zur Zeit dieser Ereignisse bestand die einzige Möglichkeit, den zwischen Nordwest- und Nordbastei gelegenen Wall zu betreten, nur durch das Wohngeschoß im Turm oder über eine kleine Steintreppe vor der abgetragenen Nordwestbastei, die Herr März auf die eben geschilderte Weise stets voll im Blick hatte.

Herr März hatte es sehr eilig, seine Beobachtungen loszuwerden und uns in die Affäre hineinzuziehen.

Seine Aussage, auf das Wesentliche reduziert, stellte folgende Sachlage dar: Er wollte den milden Spätsommerabend auf seine Weise genießen und hing von ungefähr zwanzig Uhr bis Mitternacht im Fenster. Gegen 21 Uhr sei meine Frau die Stiege hinaufgeeilt. Der Mond schien, und Herta trug wie immer ein helles Kleid. Er habe ihr noch zugerufen: Schöne Frau, wohin so eilig zu der späten Stunde? Doch sie habe, wie üblich, ihn gar nicht beachtet. Indessen, heruntergekommen sei sie bis Mitternacht auf keinen Fall. Das wollte März auf seinen Eid nehmen. Also müsse sie sich zwangsläufig zur Zeit des tödlichen Unfalls auf dem Wall aufgehalten haben. Denn den zweiten möglichen Ab- oder Zugang, durch den bewohnten Nord-Turm, habe sie bewiesenermaßen nicht benutzt.

Nach Untersuchung der Gerichtsmedizin trat der Tod des Franzosen etwa zwei Stunden vor Mitternacht ein.

Der Kommissar fragte meine Frau, ob sie sich, ohne einen Anwalt zu konsultieren, zu den Aussagen äußern wolle, und falls ja, welcher Anlaß sie zu der ungewöhnlichen Stunde auf den Wall getrieben habe.

Herta antwortete ruhig mit ihrer tiefen Stimme, daß sie selbstverständlich Rede und Antwort stehen werde. »Ja, ohne Anwalt.«

Sie habe am gestrigen Abend an ihrem Fenster gestanden, den Franzosen auf dem Wall stehen sehen und spontan den Entschluß gefaßt, einmal mit ihm selber über die anstehende Heirat zu sprechen. Ja natürlich, um ihn, wenn möglich, davon abzubringen.

Warum sie ein vertrauliches Gespräch unter derart unüblichen Bedingungen führen mußte? Bei Nacht und Nebel auf den Wall zu rennen?

»Ich bin nicht gerannt, ich bin gegangen«, bemerkte meine Frau. Außerdem war es weder Nacht noch Nebel, und zu der frühen Abendstunde, wie gesagt 21 Uhr, schien der Mond. Nein, wir waren mit Gildas Wahl ganz und gar nicht einverstanden. Ein hängengebliebener Schneider, nun ja, meinetwegen: Silhouettenschneider. Ein fahrender Geselle. Da ich den Turm aus persönlichen Gründen meide, und Herr Marand unser Haus nicht betreten wollte, war eine solch zufällige Begegnung die einzige Möglichkeit, mit ihm zu reden. Ich gebe zu, die schrecklichen Geschehnisse lassen eine verwirrende Verquickung mit meinem Besuch zu, haben jedoch tatsächlich nicht das mindeste damit zu tun. Mein Gespräch mit Marand war nach einer halben Stunde beendet, anschließend ging ich sofort nach Hause. Mein Mann hielt sich in seinem Zimmer auf, aber meine Tochter sah mich heimkommen. Ich sagte ihr nicht, wo ich gewesen war. Richtig ist, daß Herr März mich auf dem Hinweg ansprach. Er schien offenbar lüstern auf eine Sensation zu lauern. Deshalb habe ich mich beim Abgang mit äußerster Vorsicht an ihm vorbeigeschlichen. Ich wollte nicht wieder von ihm so blöde angesprochen werden. Auch der Mond war inzwischen untergegangen, Wolken aufgezogen. Ich habe mich dicht an die Mauer gedrückt. Zudem wartete ich einen Moment ab, in dem er sich dem Haus zuwandte. Vielleicht um etwas zu trinken.«

Wer vermag von sich zu behaupten, über Stunden gleichmäßig wachsam sein zu können?

Herta stand auf und ging zum Fenster. Der Kommissar folgte ihr und hielt ihr das Amulett vor die Nase. Fragte auch sie, ob sie es kenne.

»Nein.« Sie sagte ganz ruhig, daß sie es nie zuvor gesehen habe.

Ob sie einen dunkelgrünen Pullover besitze?

Nein, sie trage nur helle Sachen, von Kindheit an.

Die Männer wünschten das Kleid zu sehen, das sie am letzten Abend getragen hatte. Herta erklärte, sie habe es sofort gewaschen. Beim vorsichtigen Entlangstreifen an der Wallmauer sei es fleckig geworden. Es hänge im Speicherraum nebenan. Da die Herren darauf bestanden, besagtes Kleidungsstück zu sehen, blieben Gilda und ich allein zurück, als Herta mit ihnen den Raum verließ. Wie zwei Gestorbene, dachte ich.

Es dauerte ziemlich lange, bis meine Frau zurückkkam. Die Männer wollten die ganze Wohnung sehen, auch Schränke und Schubladen wurden geöffnet. Herta meinte, ohne Durchsuchungsbefehl hätte sie das verweigern können. Doch wozu? Man habe ja nichts zu verbergen. Und ansonsten wären sie eben am nächsten Tag mit dem erforderlichen Wisch angerückt.

Die suchten bestimmt den grünen Pullover, brummte ich.

Betretenes Schweigen.

Plötzlich sagte Gilda gepreßt in die Stille: »Waren sie in dem Abstellraum mit dem Kamin?«

Ja, auch dorthin wollten sie geführt werden, überall hin, alle Türen mußten geöffnet werden.

Warum hat Gilda nach der Kaminkammer gefragt? Das muß einen Grund haben. Ich werde später darüber nachdenken. Jetzt weiter, Holgersen, weiter. An dieser Stelle darfst du nicht anhalten, sonst nimmst du den Faden vielleicht nicht mehr auf.

Nach dem Besuch der Kripo waren wir erst recht unfähig zu jeglicher Beschäftigung. Möglichst unauffällig machte ich in der Unterstadt die dringendsten Besorgungen.

Wir fühlten uns wie lebendig Eingemauerte. Starrten wortlos ins Leere und lauschten dem Ticken einer Uhr. Als sie das entsprechende Maß an leerer Zeit weggetickt hatte, erschien der Kommissar zum zweiten Mal.

Eines der Hallwachs-Kinder hatte den Eltern erzählt, es habe, als es gegen 22 Uhr zu den Paulens lief, um eine telefonische Anmeldung auszurichten, von oben, vom Wall her, eine erregte Mädchenstimme gehört. Beide Eltern Hallwachs weilten an diesem Abend zu einem Besuch bei der vereinsamten Cäcilie. Herr Hallwachs hielt es für seine Pflicht, die Polizei davon in Kenntnis zu setzen.

»Ich war das nicht«, rief Gilda erschrocken. »Ich war den ganzen Abend zu Hause.«

»Sie müssen natürlich mit einer Gegenüberstellung rechnen«, sagte der Kommissar. Es war ein untersetzter Mann mit rundem kahlen Schädel.

»Und wie soll ich ihrer Meinung nach auf den Wall gekommen sein?« versuchte Gilda einen Trumpf auszuspielen. Weder von Herrn März, der den ganzen Abend auf der Lauer lag, noch von den Turmbewohnern sei sie gesehen worden.

Ihre Mutter behauptet doch, auf dem Rückweg ebenfalls nicht von Herrn März gesehen worden zu sein.

»Mit meiner Behinderung wäre das ...«, druckste Gilda herum.

Aber der Mann hatte es eher auf Herta abgesehen: Bei einem wiederholten eindringlichen Gespräch mit dem Nachbarn habe dieser energisch bestritten, an dem bewußten Abend auch nur eine Sekunde in seiner Wachsamkeit nachgelassen zu haben. Er sei viel zu gespannt gewesen, was die hochnäsige »Burgfrau« so lange auf dem Wall treibe. Keine Katze hätte von 21 Uhr bis Mitternacht von ihm unbemerkt die Stiege zum Wall passieren können.

Die Polizei hatte inzwischen an Ort und Stelle selbst ausprobiert, ob eine Person in heller Kleidung bei Mondschein ungesehen vom März'schen Beobachtungsposten auf den Wall oder zurück huschen konnte. Es sei schlechterdings unmöglich.

Wie scharf denn dieser März überhaupt sehen könne, erkundigte sich Herta. Schließlich sei er ja ein älterer Mann. Auch dieser Punkt war bereits überprüft: März hatte gute Augen.

Dann stehe eben Aussage gegen Aussage, beharrte Herta. Auf jeden Fall sei sie, von dem Alten unbemerkt, um 21.30 Uhr die Treppe heruntergekommen. Was denn mit Cäcilie wäre? Die hätte doch den ganzen Abend ungehindert Zugang zum Wallgarten gehabt.

»Herta, um Himmels Willen«, entfuhr es mir peinlich berührt. Eine solch ungeschickte Beschuldigung, von blindem Haß diktiert, konnte ihr nur schaden.

Der Kommissar reagierte umgehend schärfer.

Frau Paulens hatte an dem bewußten Abend das Ehepaar Hallwachs zu einem kleinen Essen geladen. Auch der Franzose war dabei, er hatte gekocht, gab sich wie ein Kind im Haus, wußte über alles und jedes Bescheid. Nachdem er abgeräumt und Ordnung gemacht hatte, ging er auf den Wall hinaus, während die drei anderen bis Mitternacht zusammensaßen.

Eine andere Sache gab Rätsel auf. Der Schlüsselbund des Verunglückten war an abgelegener Stelle auf dem Wall gefunden worden. Herta meinte leichthin: »Das ist einfach zu beantworten. Marand war an dem Abend nervös. Ständig klimperte er mit den Schlüsseln in der Tasche und lief dabei hin und her. Gut möglich, daß er beim Herausziehen der Hand die Schlüssel irgendwie mit herausriß.«

»Ein Jammer, daß es später in der Nacht so heftig regnen mußte«, bemerkte der Kommissar verdrossen.«

Dem folgte eine längere Stille.

»Was spricht eigentlich gegen einen Unfall? Angenommen, nach dem Abgang meiner Frau setzte sich der Franzose auf die Mauerbrüstung. So saß er oft, wie wir von unserem Fenster aus feststellen konnten. Er mußte über vieles nachdenken. Dabei spielte er unbewußt mit dem Amulett, vielleicht eine persönliche Neuerwerbung. Viele Männer tragen heute Kettchen um den Hals.«

»Aber doch nicht solche«, konterte der Kommissar.

»Bleiben wir mal dabei. Irgendwie und irgendwann verlor er in der Dunkelheit die Orientierung, und bei dem vergeblichen Versuch, blitzschnell Halt zu finden, zerriß er die Kette, die er gerade um die Hand geschlungen hatte.«

»Und der dunkelgrüne Wollfaden?« seufzte der Mann. »Marand trug nichts derartiges am Leib.«

»Der fehlt auch in Ihrem Konzept, falls Sie mich verdächtigen«, warf Herta ein.

»Sie können einen Wollschal getragen haben oder ein Umschlagtuch und es anschließend vernichtet haben.«

»Mich hat noch niemand mit einem dunkelgrünen Kleidungsstück gesehen. Das ist eine Behauptung, die Sie beweisen müssen.«

Erneutes Schweigen.

Die Tatsache, daß Jean lautlos abgestürzt war, daß niemand einen Schrei gehört hatte, schien die Kripo nicht zu beschäftigen.

Weder die Herrschaften im Turm noch Herr März hatten von dem Unglück etwas bemerkt. Es ist bekannt, daß auch die Opfer von Bergunglücken meist stumm dem Tod entgegenfallen.

Endlich erhob sich der Kommissar schwerfällig und verabschiedete sich brummend.

Hertas Lage hatte sich nicht verbessert.

Der plötzlich einsetzende Herbstregen hatte alle Spuren verwischt.

Nichts Neues hatte sich ergeben. Anläßlich eines Ortstermins – inzwischen wurden die weiteren Ermittlungen durch die Staatsanwaltschaft Trier angeordnet – ließ sich leicht feststellen, daß es sowohl für meine Frau, und besonders für die gehbehinderte Gilda unmöglich gewesen wäre, die Mauer zum Wall hinaufzusteigen, und ebenso unmöglich, sie wieder hinunterzuklettern, dazu noch im Dunkeln. Cäcilie besaß durch die Anwesenheit der Eltern Hallwachs ein einwandfreies Alibi. Da blieb nur Herta als Verdächtige übrig. Sie hatte um 21 Uhr zugegebenermaßen mit Marand auf dem Wall gestanden, und sich nach Aussage von März zur Zeit des tödlichen Sturzes dort aufgehalten. Es wurde U-Haft verhängt und meine Herta nach Trier in die Windstraße verbracht. Für uns bedeutete die Einweisung meiner Frau in U-Haft eine Erniedrigung ihrer Person.

Zurück zu den Ermittlungen: Eine Gegenüberstellung Gildas mit dem Hallwachs-Kind hatte zu keinem Ergebnis geführt. Die Kleine gab an, eine hohe, aufgeregte, unheimlich klingende Stimme von der Dunkelheit des Walls her in Erinnerung zu haben. Überdies bewertet das Gericht kindliche Aussagen eher zurückhaltend. Zu beider Erleichterung wurde in diesem Fall nicht weiter nachgehakt.

Über die folgenden Tage, Wochen, Monate will und kann ich nicht viele Worte machen. Irgendwie sind sie vergangen. Sofern Gilda nicht ihre Mutter besuchte, lag sie wie eine Mumie in ihrem Zimmer. Es blieb mir nichts anderes übrig, als den Haushalt für uns zwei allein zu besorgen. Nun ja, viel gegessen haben wir nicht, alles schmeckte nach Elend. Hin und wieder bekam ich mit, daß Gilda zur Toilette rannte, um sich zu übergeben. Wie lausig muß sie sich gefühlt haben?

Was Frau und Tochter durchlitten, weiß ich nicht im einzelnen zu beschreiben, mit mir sprachen sie nicht. Ich war es nicht anders gewöhnt, deshalb gab ich meine Besuche bei Herta in Trier bald auf.

Man wird mich freilassen müssen, weil ich unschuldig bin, wiederholte sie stereotyp. Sonst nichts. Mit niemandem wollte sie reden, außer mit Gilda, vielleicht begnügte sie sich deshalb mit dem vom Gericht vorgeschlagenen Pflichtverteidiger. Ich wollte ihr den besten Anwalt besorgen, doch sie widersetzte sich energisch.

»Er kann nicht mehr für mich tun, weil es einfach nicht mehr Fakten gibt.«

Nein, ich hab' sie nicht mehr besucht. Ich überließ sie ihrem Schicksal, allein, all die Monate hindurch, weil sie sich von mir fernhielt, keine Nähe zuließ.

Vielleicht würde mich unser Unglück nicht in diesem Ausmaß verstört haben, hätte ich nicht zeitlebens mit verblendeter, bereits in der Kindheit eingetrichterter Selbstgerechtigkeit angenommen, daß so etwas bei uns nicht vorkommen könne.

Zunächst wollte ich den Gedanken an Mord und Gefängnis, sobald ich morgens aufwachte, zurück ins Reich der Träume abschieben, ein Gedanke, der wie eine riesige Krake seine Fangarme um mich schlang, sobald der unruhige Schlaf mich freigab. Doch die saugenden Arme hatten den zupackenden Griff der Wirklichkeit.

Außerdem gab es genug Nächte, in denen ich mich schlaflos im Bett umherwälzte, und die Gedanken noch bewegtere Prozesse vollzogen. Oft wurde mir unheimlich zumute. Wie war das alles gewesen, welch beklemmende Häufung von Eigenartigem, von nebulösen Ereignissen, hatte da stattgefunden in meinem – wie ich mir stets eingeredet hatte – nüchternen Ingenieursleben?

Alles hatte angefangen mit Hertas Einladung in die dämmrigen geheimnisvollen Speicherräume. Das Katzengerippe in der Truhe und mein unbändiges Erschrecken. Der erste Kuß im Dunkel der unheimlichen Hallen, unsere Verlobung im Bannkreis des Fraubillenkreuzes, wie der Heidenstein im Volksmund heißt – Frau Sybille, die Geheimnisvolle, die in die Zukunft blickt, was mag sie für unsere Zukunft vorausgesehen haben? Der Ritualmord im Zusammenhang mit der Nazi-Puppe.

Später unser Einzug in das alte Burggemäuer, in dem es bestimmt noch manch erschreckendes Geheimnis zu entdecken gäbe.

Hertas Bild »Johanna auf dem Scheiterhaufen«, im Turm hängend, als ob damit ihre Seele, zumindest ihr Gemüt, auf immer dort eingemauert wäre.

Jean Marand, der undurchsichtige Wanderer, der uns nähere Kunde von dem Unheimlichen in uralten Mythen brachte, von den Schemen und Schatten, und vor allem, die Todesfälle, die mit der Burg zusammenhingen.

Glück gebracht hatte der Hexenturm bisher wenigen: Fips war tot, desgleichen Eugenia und Jean, abgestürzt die letzteren von dessen Mauern, Gildas lebensbedrohender Unfall, unser eheliches Auseinanderleben und nun Herta, des Totschlags angeklagt.

Was würde noch alles passieren, ehe uns der Hexenturm aus seinem Bann entließ? Wenn überhaupt.

Fort ihr Nachtgedanken, der Morgen graut im wahrsten Sinne des Wortes, das Leben nimmt weiter seinen Lauf.

Wie eine Tarnkappe, versuchte ich mir tagsüber einen gewissen Dämmerzustand des Geistes überzustülpen. Die riß mir eines Tages die Nachricht vom Leib, daß für Ende Januar die Verhandlung im Schwurgerichtssaal Trier angesetzt sei, gegenüber dem Kolpinghaus gelegen, in dem ich vor über 30 Jahren einige unbesorgte Schülerjahre verbringen konnte. Die Tage vor der Verhandlung hatten Schneckenfüße. Die Uhr blieb stehen. Nie werde ich die letzte Nacht vergessen. Trotz starker Schlafmittel gelang es mir nicht, mich im Traum wenigstens für eine Weile von der Erdenschwere zu befreien.

Irgendwie verdunstete auch diese Nacht in der Dürre des anbrechenden Tages. Sie hatte länger gedauert als manches Jahr.

Stunden später betrat mein von den nächtlichen Torturen geschundener Körper das Justizgebäudes durch das mit einem prächtigen Wappen überhöhte Portal. Erbaut bzw. umgebaut wurde es in seinen edlen barocken Proportionen zwischen 1768 und 1773. Zuvor befand sich an dieser Stelle das Gebäude der Erstgründung der Theologischen und Philosophischen Fakultät Trier aus dem Jahre 1473. Bevor die Justiz in den Neubau einzog, siedelte die Universität etwa 1773 in das noch bestehende Jesuitenkolleg um. Die prächtige hohe Aula mit der Empore und der Stuckdecke, auf der im Mittelfeld die Theologie als Königin der Wissenschaft dargestellt ist, wurde zum Schwurgerichtssaal. Und diesem schleppten Gilda und ich uns nun entgegen. Die behinderte Tochter an meiner Seite schien mit den gleichen Dämonen zu ringen. Einige Male befürchtete ich, sie werde ohnmächtig.

Schnell füllte sich der großartige Raum mit den Leuten, die von den Dramen menschlicher Niederlagen leben, und denen, die gierig lechzen, mehr darüber zu hören.

Mein Blick schwamm zu Herta auf der Anklagebank.

Angeklagt des Totschlags, alleingelassen seit Monaten von stärkender Mitmenschlichkeit. Alleingelassen auch von mir, ihrem Lebensgefährten. Aus ihrer Erniedrigung blickte sie zu Anklägern und Richtern auf.

Leise, müder geworden, doch bestimmt, machte sie ihre Aussagen.

Wie immer war sie mit Geschmack gekleidet. Ein naturfarbenes Wollkostüm umschloß enganliegend die hohe schmale Gestalt. Das fahlgewordene dichte Haar trug sie wie eine dazu passende Kappe glatt um den Kopf gelegt.

»Nein, ich habe den Mann nicht von der Brüstung gestoßen. Als ich ihn von meinem Fenster aus auf dem Wall stehen sah, bin ich, ohne lange zu überlegen, zu ihm gegangen. Ich wollte ihn durch meine Argumente von der Heirat mit unserer Tochter abbringen. Gilda selbst war sich unschlüssig geworden. Als ich ihn eine halbe Stunde später verließ, sagte er mir zu, die Angelegenheit nochmals zu überdenken. Es gibt kein Motiv für einen Mord. Die Kette, die der Tote in der Hand hielt, habe ich nie zuvor gesehen. Und ich besitze kein Kleidungsstück, an dem sich auch nur ein Faden dunkelgrüner Wolle befindet.«

Gilda, ohne vereidigt zu werden, sagte aus, daß ihre Mutter kurz nach 21.30 Uhr zu ihr gekommen sei. Auf die Frage, wo sie gewesen sei, habe sie nicht geantwortet. Nein, aufgeregt war sie nicht. Das Verhältnis zu Jean Marand sei inzwischen brüchig geworden, aber nicht allein durch den Widerstand der Mutter. Früher oder später hätte sie es selber lösen wollen, wegen allzu großer Schwierigkeiten betreffs der gemeinsamen Lebensgestaltung und einigen anderen undurchsichtigen Aspekten. Also kein Motiv für die Mutter, einen unerwünschten Schwiegersohn durch Gewalt zu entfernen.

Sie, Gilda, habe das Haus am Abend des 24. September überhaupt nicht verlassen, wisse nichts von einem Amulett und besitze gleichfalls kein dunkelgrünes Kleidungsstück.

Gilda trug am Tag der Verhandlung eine schwarze Seidenbluse, dazu einen langen Rock, bunt wie ein Sommerbeet. Ich stellte bestürzt fest, daß zu dem Rock auch ein dunkelgrüner Pulli gut gepaßt hätte. Ihre liederlich verwehten Haare hoben sich flammenartig vom Schwarz der Bluse ab. Den rötlichen Haarton hat sie von mir, meine Gilda, meine Goldene. Nur bin ich mein Lebtag nicht mit einer solch wirren Mähne unter Menschen gegangen. Wie ein Einschuß traf mich plötzlich die Erkenntnis, daß vor Zeiten nicht die blasse strenge Frau auf der Anklagebank vor dem Richter gestanden hätte, sondern mit Sicherheit das Mädchen mit dem hexisch flirrenden Haar. Und nicht nur ihr lodernder

Schopf, das ganze Geschöpf würde alsbald lichterloh in Flammen gestanden haben. Nur mit größter Anstrengung konnte ich das schreckliche Bild in mir löschen. Bevor wir am Morgen aufgebrochen waren, hatte ich Gilda vergeblich angefleht, durch eine ordentliche Haartracht und ein gedecktes Kostüm um einen guten Eindruck bei den Geschworenen bemüht zu sein. Meine Sorge schien indes unbegründet. Gilda, die im Gegensatz zu ihrer Mutter verstört und unsicher wirkte, und stark hinkend zum Zeugenstand gelangt war, erweckte spürbare Sympathien.

Man wertete ihr Eintreten für die Mutter und ihre sichtbare Verzweiflung als Zeichen der Tochterliebe.

Irgendwann mußte auch ich mein unwichtiges Scherflein zu Protokoll geben – daß ich von dem ganzen Geschehen nichts gehört und nichts gemerkt hatte.

Dann kam der bereits vor Ungeduld zappelnde März an die Reihe. Als einziger Zeuge der Anklage war er sich seiner Wichtigkeit bewußt und glänzte fauchrot an Nase, Wangen, Stirn vor Bekennereifer. Was uns seit langer Bangnis bekannt war, sagte er unter Eid lautstark aus, und einiges widerwärtige Geschwätz dazu. Der Vollständigkeit halber will ich es sinngemäß festhalten, seine bösartigen Auslassungen haben ihre Widerhaken zu nachhaltig in mein Ohr geschlagen. Mit einigen Feststellungen kam er der Wahrheit bedrohlich nahe, zum Beispiel mit der Beschuldigung, meine Frau habe aus Neid und Mißgunst keinen Fuß mehr über die Schwelle der Nordbastei gesetzt, seitdem die Schwestern Paulens ihn bewohnten. Sie selbst habe dort unbedingt leben wollen.

Ihm war nämlich als einzigem Anwesenden bekannt, daß Herta in ihrer Jugend den bisweilen schlecht beleumundeten Onkel täglich im Bollwerk besucht hatte, und auch darüber ließ er anzügliche Bemerkungen fallen.

Um sich nun mit dem Franzosen treffen zu können – März verzog bei diesen Worten seine wulstigen Lippen zu einem vielsagenden Grinsen –, mußte sie einen neutralen Ort wählen.

Als er, März, sie an jenem Abend angesprochen habe, sei sie sichtlich betroffen gewesen. Schon aus diesem Grund habe er beschlossen, auf jeden Fall die Rückkehr der Dame abzuwarten. Da Vollmond herrschte und Frau Holgersen hell gekleidet war, schien es ihm ein Ding der Unmöglichkeit, ihren Abgang zu verpassen. Nein, keine Sekunde habe er die Steintreppe aus dem Auge gelassen. Daß sie bis Mitternacht, als der Regen einsetzte, nicht kam, wolle er ohne Zögern auf seinen Eid nehmen.

Ob an dem fraglichen Abend niemand sonst die Stiege benutzt habe, wurde gefragt.

Nein, niemand, außer der Dame Holgersen. Die Stiege würde so gut wie nie benutzt, es sei denn, wenn am Tage Touristen oder Kindergruppen anwesend seien. Dann stellte März noch ungefragt und abschließend fest, daß wir eine hochgestochene Familie wären und keinem ein Wort zuviel gönnten.

Damit hatte er wohl recht.

Betrübt, daß sein großer Auftritt vorüber war, verließ März nach seiner Vereidigung den Zeugenstand. Viel Symphatie hatte er nicht gewonnen, eher das Gegenteil.

Anders Cäcilie Paulens, die in tiefes Schwarz gehüllt, klein und verstört, noch mehr vom Fleische gefallen, trotz spitzer Nase und hängender Lippen jedermann dauerte.

Sie gab zu Protokoll, was völlig unbestritten war, daß an jenem Abend die Eheleute Hallwachs zu Besuch bei ihr weilten, ja, den ganzen Abend. Nach dem Tod der Schwester fühlte sie sich sehr vereinsamt. Trotz der Gegenwart von Jean. Zu viert nahmen sie ein kleines Menu ein, dann ging Jean allein auf den Wall. Es war ein milder Septemberabend, und er wollte etwas Luft schnappen. Nein, getrunken hatte er so gut wie nichts, ein Glas Rotwein. Dazu Wasser aus der Karaffe, wie es bei den Franzosen üblich ist. Er verbrachte oft einen Abend auf dem Wall, beziehungsweise der Nordwestbastion, rauchte oder spielte mit den Katzen. Trotz aller Umgänglichkeit ein einsamer Mensch. Ja, dann gegen 21 Uhr habe Herr Hallwachs gefragt, ob er die

Tür zum Wall schließen dürfe. Es ziehe ein wenig, die feuchte Abend-luft bekomme seiner Frau nicht. Er rief ins Dunkel hinaus, daß er die Tür jetzt zumache, und ob Jean seinen Schlüssel bei sich habe. Jeans Antwort konnte Cäcilie nicht verstehen, Herr Hallwachs schloß die Tür und man saß zu dritt zusammen bis Mitternacht, bis die ersten Tropfen fielen. Dann machte sich das Ehepaar rasch auf den Weg zu seinem nahe gelegenen Giebelhaus.

Nein, daß Jean nicht mehr zurück in den Wohnraum gekommen sei, war nicht ungewöhnlich. Er konnte jederzeit mit seinem Schlüssel durch das Ladenlokal wieder in den Turm gelangen.

Nein, das Amulett kannte Cäcilie nicht.

Jetzt wurde Herr Hallwachs als Zeuge gebeten. Er bestätigte alle Aussagen von Frau Paulens. Ja, er war wohl der letzte, der mit Marand gesprochen hatte. Der genaue Wortlaut?

Ja, wir könnten die Tür ruhig schließen, er trage seinen Schlüssel stets bei sich. Wir sollen nicht auf ihn warten, er bekomme voraussicht-lich noch Besuch.

Nach dieser präzisen, umfassenden Aussage entstand im Gerichts-saal einige Aufregung.

Daß Jean noch Besuch erwartete, war ein neuer Aspekt.

Warum der nicht bereits früher zur Sprache gekommen sei?

Herr Hallwachs gab zu Protokoll, daß er dem keine Bedeutung bei-gemessen habe, das Tor zur Burg werde jeden Abend verschlossen, es konnte sich bei dem Besucher also lediglich um seine Braut oder einen der Burgbewohner handeln – wie allen inzwischen bekannt, war es diesmal Frau Holgersen, die die fragwürdige Visite machte. Nun kam Hertas Verteidiger zu Wort und stellte fest, daß die letztgemachte Aus-sage von größter Bedeutung sei.

Jean erwartete also Besuch! Gilda wohl kaum. Bei Dunkelheit die steile Steintreppe zu erklimmen, würde ihr schwerfallen. Warum sollte sie auch? Sie war nie anders erschienen als durch das Ladenlokal im Turm.

Eine andere Frage: Wo wickelte Jean seine – nennen wir es mal so

– etwas undurchsichtigen Geschäfte ab? Denn daß er hin und wieder kleinere Posten von Antiquitäten anbieten konnte, war unumstritten. Davon hatte Gilda bereits berichtet, allerdings nichts Näheres dazu aussagen können.

Immerhin war jetzt in die zähflüssige Verhandlung ein neuer erregender Aspekt eingetreten.

Ein fremder geheimnisvoller Besucher auf dem Wall!

Nur, wie konnte er dorthin gelangen? Die Burg war nachts eine Festung.

Ich war von der unerwarteten Wende der Dinge derart durcheinandergebracht, daß ich erst an der eingetretenen Stille merkte, daß Hertas Verteidiger schon eine Weile sprach. Daß er sogar außerordentlich geschickt die für uns günstiger gewordene Situation ausnutzte, und daß er sich aufs beste vorbereitet hatte. Der junge Pflichtverteidiger hatte weit mehr als seine Pflicht getan.

Ich hörte ihn nun den Zeugen März fragen, ob er sich am gestrigen Abend ebenfalls an seinem offenen Fenster aufgehalten habe?

Aufgehalten nicht, dazu sei es zu kalt gewesen, aber nach dem Abendbrot habe er frische Luft geschnappt. Dazu das Fenster weit geöffnet.

Ob zu diesem Zeitpunkt jemand die Stiege benutzt habe?

Die Antwort: Nein, wieso? Außerdem war es dunkel.

Jetzt legte der Verteidiger los: »Hohes Gericht, verehrte Anwesende! Ich selbst bin gestern abend in hellem Anorak die Stufen vor Märzens Fenster am Wall hochgestiegen. März stand davor und hat mich, wie soeben gehört, nicht bemerkt.«

Einwurf März: Am 24. September hätte aber bis mindestens 23 Uhr der Mond geschienen. Am Vortag dagegen war es dunkel.

Der Verteidiger: »Nach Auskunft des zuständigen Wetteramtes war der Himmel am fraglichen Abend um 22 Uhr bereits völlig bedeckt.«

Der Einwand des Alten, daß er am 24. bewußt auf jemand gewartet hätte, während das gestern ja nicht der Fall gewesen sei, wurde gar nicht beachtet. Der Verteidiger hatte sich einem neuen Punkt der Anklage zugewandt. Als passionierter Bergsteiger unterzog er sich der sportlichen Mühe, den Nordturm durch das zur Straße hin gelegene offenstehende Fenster zu erklimmen. Zunächst gelangte er in den Keller-Lagerraum. Natürlich führte er eine Taschenlampe mit sich, fand die Tür, die zum Burghof führt, offen und kletterte mühelos auf den Wall. Was bisher als eine nicht weiter zu untersuchende Unmöglichkeit abgetan worden war, den Wall auf diese Weise zu erreichen, einem geübten Sportler war es durchaus zuzutrauen, die Bruchsteinmauer zu überwinden.

Herr Marand erwartete am Abend des 24.Septembers sicher nicht die Schwiegermutter in spe, die ihn spontan und bestimmt höchst unwillkommen aufsuchte. Auch Gilda nicht, die jederzeit im Turm Zutritt fand. Laut Protokoll mußte es in Jeans Leben mehr Geheimnisse geben, als aufzudecken dem Gericht möglich war. An dunkle Begegnungen dieser Art ließ auch das häufige Verweilen auf dem Wall schließen.

Gilda, nochmals befragt, gab an, daß es vor allem diese Unklarheiten im Leben ihres Bräutigams waren, die den Entschluß zu einer Heirat ins Wanken geraten ließen.

Der Verteidiger spann seinen Faden indes weiter: »Der große Unbekannte, der Marand an jenem Abend aufsuchen wollte, sah, wie März sich weit aus seinem Fenster lehnte. Er vermied das Risiko, von ihm entdeckt zu werden, indem er die Wallmauer am anderen Ende hochkletterte. Vielleicht gab es eine alte Rechnung zu begleichen, wer vermochte schon Klarheit in das Leben des wandernden Künstlers zu bringen? Vielleicht gab es eine Auseinandersetzung wegen rückständiger Zahlungen oder Lieferungen, oder es ging um den Besitz des wertvollen Amuletts. Ein Handgemenge, ein erbittertes Ringen, bei dem jeder der Teilnehmer bemüht war, nicht gehört zu werden, ein Zweikampf, in dessen Verlauf Marand von der Mauer gestoßen wurde. Der Täter entfernte sich unbemerkt, wie er gekommen war. Wenn er sein Auto unterhalb des Turms abgestellt hatte, konnte er im Schutz der Nacht ungesehen davonfahren. Eventuelle Spuren des Zweikampfes verwischte der folgende Regen. Übrigens weise Marands Konto einen ungewöhnlich hohen Stand auf, der mit seinen monatlichen Bezügen allein nicht erklärt werden könne.

Als der Verteidiger seine Rede beendete, ging ein hörbares Aufatmen durch den Saal. So könnte es sich abgespielt haben. Eins paßte zum anderen, die Aussagen des Zeugen März schienen den Geschworenen plötzlich bedeutungslos geworden.

Nur Frau Cäcilie schüttelte traurig den grauen Kopf, weil sie mehr über Jean hören mußte, als ihr lieb war.

Auch bei mir hatte der Vortrag seine Wirkung nicht verfehlt.

Meine Zweifel setzten erst später ein, als die Bedrückung zu Hause eher zu- als abnahm. Statt sich zu normalisieren, in Erleichterung und Jubel umzuschlagen, wie man es nach allem hätte erwarten dürfen.

Doch zunächst gab es großen Szenenwechsel im Gerichtssaal. Man zog sich zur Beratung und Belehrung zurück. Gilda und ich drückten dem Verteidiger dankbar die Hand. Herta durfte sich zu uns gesellen und wirkte vorübergehend wie jemand, dem eine drückende Last abgenommen wurde. Einige Zeit später füllte sich erneut der Saal, und der Staatsanwalt verkündete, daß die Anklage des Totschlags an Jean Marand wegen mangelnder Beweise fallengelassen wurde. Freispruch für Herta.

Mutter und Tochter waren nun eine Weile nicht zu trennen. So erleichtert ich mich fühlte, es tat weh, von der ersten überwältigenden Freude ausgeschlossen zu sein.

Wie es wirklich war

Inzwischen sind Tage und Wochen vergangen, die schrecklicher erschienen, als alles vorherige. Bis zur Verhandlung unseres Falles beim Schwurgericht, unseres Falles in mehr als einer Hinsicht, blieb ich vom Dienst dispensiert. Nachdem die Anklage wegen mangelnder Beweise nichtig wurde, meldete ich mich auf dem Bauamt zurück. Mein langjähriger vertrauter Mitarbeiter und Vertreter sprach mich an. »Lieber Holgersen, Sie sehen schrecklich aus. Miserabel. Die Sache scheint Sie über Gebühr mitgenommen zu haben. Suchen Sie noch einmal den Arzt in Trier auf, er hatte Ihnen vor kurzem so gut helfen können. Sie wollen doch was von Ihrer Pension haben, nehme ich mal an.«

Um Himmels Willen, das soll doch nicht heißen, daß man mich vorzeitig in den Ruhestand schickt? Ein Mann in den besten Jahren, Mitte fünfzig. In die Hölle der geschlossenen Gesellschaft mit Frau und Tochter.

Warum auch? Ich selbst war stets untadelig. Auch hat sich herausgestellt, daß Frau und Tochter schuldlos sind. Genauer gesagt, man konnte ihnen keine Schuld nachweisen. Vielleicht war es wirklich ein Unglücksfall oder der große Unbekannte hat tatsächlich zugeschlagen.

Ein Makel wird jedoch an uns hängenbleiben. Selbst an mir. Es sei denn, unsere Wege trennen sich. Und warum nicht? Was hält uns noch zusammen? Nichts als eine verschüttete Liebe.

Ich werde den Arzt wieder aufsuchen. Das stand nun für mich fest.

Ich meldete mich also erneut bei Dr. Guthy in Trier an. Er erkannte mich sofort wieder.

»Haben Sie meinen Rat befolgt und Ihr Leben schriftlich bewältigt?«

»Das habe ich, und es war eine große Hilfe. Aber bewältigt? Ich weiß nicht.«

»Ist Ihnen beim Schreiben etwas Besonderes aufgefallen?«

»Das kann man sagen! Auf eine fast beängstigende Weise erlebe ich Dinge doppelt und dreifach. Es fallen die gleichen Sätze. Ich treffe Menschen wieder aus meiner Kindheit, die dafür den Sprung in einen anderen Kontinent unternommen haben. Und das Ärgste: der wiederholte Todessturz von unserer Burg, auf der ich seit Jahren lebe.«

»Ach, Sie sind in den Fall von Neuerburg involviert. Darüber wurde ja in allen Zeitungen geschrieben. Interessant.«

»Für mich stellt es sich eher entsetzlich als interessant dar.«

»Entschuldigung. Aber der Fall ist doch erledigt.«

Durch seine matten Brillengläser blickte er mich an, sein Gesicht in tausend wohlwollende Falten gelegt, seine runde Nase signalisierte gütiges Verständnis.

So brach jetzt, Rettung suchend, mehr aus mir heraus, als ich vorgehabt hatte zu sagen. »Ja, wegen mangelnder Beweise ist der Fall beendet worden, aber Frau und Tochter wirken nach wie vor äußerst bedrückt. Mich schließen sie völlig von allem aus. Das ist kein Familienleben mehr. Ich habe vor, mich von ihnen zu trennen, mich scheiden zu lassen.«

»Bitte, keine übereilten Entschlüsse«, kam nun seine ruhige Stimme. »Durch unsere Unterhaltung und das Lesen Ihrer Notizen habe ich von Ihnen den Eindruck eines zuverlässigen, beständigen Menschen gewonnen. Sie leben Ihr Leben sozusagen in einem Kreis. Es gibt Menschen, die wie ein Pfeil ihre Lebensbahn ziehen, unbeirrt und immer geradeaus einem Ziel entgegen. Andere verpuffen regelrecht im Nirgendwo und Überall, und wieder andere leben ihr Leben in wachsenden Ringen.

Sie lieber Holgersen, scheinen mir zu einer vierten Sorte zu gehören, Sie verbringen Ihr Leben wie in einem Kreis. So muß Ihnen fast zwangsläufig alles Frühere, Vergangene wiederbegegnen.«

Ich schaute ihn ein wenig fragend an, derweil fuhr Dr. Guthy fort: »Nach dem Krieg sind Sie in Ihren Geburtsort Neuerburg zurückgekehrt. Da ist es wahrlich kein Zufall, daß Sie Ihre alte Jugendliebe treffen. Und daß bei denselben Menschen gleiche oder ähnliche Sätze gesprochen, Ausdrücke verwendet werden, ist ebenfalls kein Zufall.

Merkwürdige Wiederbegegnungen gibt es immer, einer erlebt mehr davon, ein anderer weniger.

Einen gewissen Vorwurf könnte man Ihnen machen, daß Sie in Ihrem Leben nicht aktiver gehandelt haben, den Wohnort gewechselt, der Ihnen, soweit ich das sehe, suspekt war, oder daß Sie Ihre Fähigkeiten nicht besser nutzten, um z.B. eine Chronik der Burg zu schreiben. Nun, Sie sind ja nicht hier, um Vorwürfe zu hören, sondern um Hilfe zu erhalten. Was nicht ist, kann noch werden. Geben Sie sich ans Forschen. Die Hexenprozesse in Neuerburg wären vielleicht ein Thema, das Ihnen liegt. Oder die Burg in einer neuen Chronik, mit ergänzenden zeichnerischen Studien von Ihnen.«

Irgendwie wollte ich ihm antworten, aber ehe mir etwas einfiel, fuhr der Arzt fort: »Keinesfalls sollten Sie sich scheiden lassen, davon rate ich dringend ab, Sie würden Ihrer Frau oft über den Weg laufen, oder sie sogar suchen. Sie sind nicht fertig mit ihr, wie Sie jetzt glauben. Sie sind ein Mensch, der in einem festen Kreis lebt, vergessen Sie das bitte nicht. Und schreiben Sie auf, was Ihnen durch den Kopf geht. Ein Unglück kommt selten über Nacht. Meist speist es sich aus tiefen Schächten, verschütteten Gängen, suchen Sie danach. Sprechen Sie mit ihrer Frau, kotzen Sie aus, was Ihnen nicht bekommen ist. Das bringt Erleichterung, ein Wiederannehmen, für sich selbst und für die beiden Frauen.

Außerdem bin ich der festen Überzeugung, daß alles für Sie wieder in Ordnung kommt. Tun Sie das Ihrige dazu, werden Sie endlich aktiv!«

Ich bedankte mich bei Dr.Guthy. Nachdenklich, aber auch getröstet kehrte ich nach Neuerburg zurück.

Vorerst änderte sich nichts, trotz der beständig mahnenden Stimme des Arztes in meinem Ohr. Es war einfach lausig.

Erstarrte, Verdächtigte, fühllos füreinander sind wir durch das Unglück geworden. Wir treiben dahin wie Eisberge, Kälte verbreitend, stumm und schwer. So geht das nicht weiter, Holgersen! Der Doktor erwartet vernünftige Zeilen.

Der Doktor wird nicht eine Zeile mehr von mir zu sehen kriegen, ich schreibe nun zu meinem eigenen Heil.

Es verdichtet sich in mir ein bestimmter Verdacht, ich wittere eine Spur, ein greifbares Indiz. Es muß in unserer Wohnung versteckt sein. Nur dranbleiben jetzt, den Gedankenfaden nicht abreißen lassen, der zu einem farbigen Gewebe wird, zu einem Bild. Da ist das fertige Bild. Ich sehe Gilda in einem dunkelgrünen Pullover beim Abendessen des 24. September. Nur da hat sie ihn getragen, nur ein einziges Mal, daher meine Unsicherheit. Die Polizei konnte ihn nicht finden, aber ich werde ihn aufspüren. Hatte Gilda nicht im Anschluß an die erste Vernehmung nach der Kaminkammer gefragt? Ja, der Abstellraum mit dem halb vermauerten alten Kamin. Vom Dachboden aus durch ein Putztürchen auf geringe Höhe zugänglich geblieben. Das mußte das Versteck sein.

Mein Gott, wie ich zittere, Angstschweiß auf meiner Stirn. Nicht wie ein Jäger – wie der Gejagte selbst fühle ich mich. Mit einem Haken, für den Fall eines Dachbrandes vorsorglich von mir hingehängt, habe ich die Kleidungsstücke hochgezogen: einen dunkelgeblümten Rock und einen dunkelgrünen Pullover. Beides liegt vor mir, rußgeschwärzt, von Erde verkrustet. Am hinteren Halsausschnitt sind Maschen aufgerissen.

Mein armes Kind, meine kleine Gilda. Alles Gold ist von ihr abgeblättert. Warum hat sie mich nicht in ihr Vertrauen gezogen? Nur ihre Mutter ist wie in einem Strudel von der Handlung mitgerissen worden. Hat sie völlig unschuldig die Schrecken der Untersuchungshaft und der Anklage auf sich genommen?

Noch fehlt ein wichtiger Stein im Gebäude der Wahrheit. Wie ist Gilda auf den Wall gekommen? Niemand hat sie gesehen. Die beiden genannten Wege hat sie nicht benutzt, die Außenstiege nicht und nicht den Zugang durch den Wohnraum der Paulens. Auch kann sie nicht die Mauer hochgeklettert sein wie unser Verteidiger.

Ich drücke meine Fäuste gegen die Stirn, bis es schmerzt. Ich muß allein hinter dieses Geheimnis kommen, freiwillig sagen mir die Frauen nichts. Ich gehe erst zu ihnen, wenn ich klar sehe. Sind der Turm und der Wall die Geheimnisträger? Herta hatte vor Zeiten Andeutungen gemacht, Fips besitze Kenntnis von unterirdischen Räumen. Nach Abklopfen einiger Mauern ist er zu dieser Erkenntnis gelangt. Zu näheren Untersuchungen ist er nicht mehr gekommen. Der Krieg funkte dazwischen, die plötzliche Einberufung und sein früher Tod.

Des Rätsels Lösung kann nur in der baulichen Eigenart des Bollwerks liegen.

Während ich aufgeregt nach den alten Plänen suche, bei mir herrscht Ordnung, empfinde ich selbst in dieser unseligen Situation so etwas wie Befriedigung. Hier, die Grundrisse des massiven Untergeschosses. Ich muß die Lupe zu Hilfe nehmen und entdecke dabei etwas kaum Sichtbares, dünn Eingestricheltes. Vielleicht ein geheimer Gang. Das wäre die Lösung. In dem unübersichtlichen Gemäuer auf der Mitte des Walls zwischen den Eckbastionen hat sich von unten her zusätzlich ein gewaltiger Efeu-Wulst breitgemacht. Davor steht zu allem auch noch der kleine Wachholder, in dessen Schatten wir eines seligen Frühlingstages lagerten. Wach Holder! Endlich bin ich aufgewacht!

Mit meinem Plan bin ich zu Frau und Tochter in das große ehemalige Krankenzimmer von Gilda geeilt, wo die beiden meist zusammensitzen. So auch heute. Wortlos hockten sie da, ich bin wortlos zu ihnen getreten, warf Kleider und Pläne aufs Bett.

Gilda blickte zuerst hoch, ihre Augen waren fremd vor Angst.

»Was wirst du nun tun, Vater?« fragte sie tonlos. »Alles, was Mutter auf sich genommen hat, war wohl umsonst.«

»Ich will euch helfen, wir werden fortziehen. Wir können wieder leben.«

Wollte ich mich nicht vor kurzem – oder war's eine Ewigkeit her – scheiden lassen? Dann hörte ich im Geiste Mutter Steinbach murmeln: Holger, du wirst Herta nie verlassen. Du bist ein Beständiger.

Endlich blickte auch Herta mich an. Wie ein Mensch seinen Mitmenschen anblicken soll. Nichts mehr von leblosem Starren. Wir blickten uns an mit dem natürlichen Wechsel von Anschauen und Wegsehen, mit Lidschlag und dem tastenden Gleiten über das Gesicht des Gegenübers, mit Augenheben und Augensenken. Für mich waren das Signale, der Damm war gebrochen, eine Flut von Mitteilungen ergoß sich endlich über dürres Land.

Wie hatten sie nur die ganze Zeit über denken können, ich liefere sie der strafenden Gerechtigkeit aus, sie, die beiden einzigen Menschen, die je Bedeutung in meinem Leben hatten?

Es war genug gelitten, ich, der allezeit gehorsame Staatsdiener, würde zum ersten Mal nach meinem eigenen Gesetz handeln.

Uns drei verband wieder das gesprochene Wort, die Sprache der Augen und des ganzen Körpers. Auch wenn es schlimme Dinge waren, die noch gesagt werden mußten – ich fühlte mich mit einem Mal allem gewachsen.

Herta begann: »Du hast dich selbst zum Mitwisser gemacht. Was wir nicht erwartet haben und womit wir nicht rechnen konnten, du bist bereit, die Schuld mit uns zu tragen. Gut so, die Last verteilt sich und wird für uns zwei fühlbar leichter.

Du weißt nun das Entscheidende, aber den eigentlichen Ablauf der Geschehnisse kennst du nicht. Es war schrecklicher, als du dir vorstellen kannst. An dem verhängnisvollen Abend – du hast ihn auch gesehen, ich weiß es – stand Jean wie so oft inmitten der Katzen an der Mauer. Der Mond schien taghell. Wäre es dunkel gewesen, oder hätte der große Regen nur drei Stunden früher eingesetzt, nichts wäre geschehen.

So aber dachte ich: wie Kegel sind sie da auf der Mauer aufgereiht. Gleich kommt die Mondkugel angerollt und fegt sie alle weg, Jean und die Katzen. Das wäre die beste Lösung für uns alle. Schlimm, solche Gedanken. Tritt das Gedachte ein, ist es wie die ausgeführte Tat.

Du weißt, ich konnte noch nie Katzen leiden und noch weniger mochte ich Jean, den dahergelaufenen Vagabunden. Gilda bedeutete ihm lediglich ein Mittel zum Zweck.«

»Mutter«, mahnte Gilda, »er ist tot.«

»Laß mich«, wehrte Herta ab, »es stimmt schließlich, daß er dich in letzter Zeit schlecht behandelt hat, oder? Was wäre das für eine Ehe geworden.«

Gilda seufzte.

»Das Bollwerk«, fuhr Herta wie abwesend fort, »es muß mit Hilfe des Teufels erbaut worden sein.« Ihre Gedanken schlugen sich einmal mehr an seinen rauhen Mauern wund.

»Sprich selbst mit Marand, sagte ich mir. Mit Gilda war nicht mehr zu reden. Sie wollte nur fort von uns, wirklich, um jeden Preis. Ich lief, so, wie ich angezogen war, über den Platz. Daß der März mich ansprach, hab' ich kaum registriert. Daß er nach einer Sensation gierte, das spürte ich. Deshalb ließ ich ihn kühl abblitzen. Als ich auf Jean zuging, stoben die Katzen auseinander. Dabei tat ich ihnen nie etwas zuleide. Den Franzosen hab' ich direkt als Mitgiftjäger angesprochen. Wer konnte ahnen, daß er selbst soviel Geld ... Ich sagte ihm, daß er keinen roten Heller von uns zu sehen kriege. Daraufhin guckte er mich mit einer Verachtung an, daß es mir kalt über den Rücken lief. Ferner beschuldigte er mich, den Paulens das Leben und die Existenz im Turm zu mißgönnen. Was aber unsere kostbare Tochter angehe – genau das waren seine Worte –, so könnten wir die behalten. Er habe es sich inzwischen anders überlegt. Es gäbe genügend andere heiratswillige Mädchen am Platz. Wir haben uns nichts geschenkt. Ich wollte schon gehen, trotz meines raschen Erfolges nicht glücklich, da sagte er, er müsse mir unbedingt etwas zeigen. Etwas ganz Besonderes, das mir den Hexenturm hoffentlich auf immer verleiden werde. Daß ich nie mehr mein Begehren darauf richten würde, selbst im Turm zu logieren, auch wenn Cäcilie zurücktreten werde und er die Kunsthandlung übernehme. Es gäbe da einiges zu überlegen.

Er war nicht dumm, der Jean Marand, man könnte ihn sogar einen guten Menschenkenner nennen.

Ich sagte zu ihm nur, der Turm sei uns ohnehin bis zum Überdruß verleidet. Und: ›Lassen Sie mich bitte gehen. Es ist, glaube ich, zwischen uns alles gesagt.‹

›Nicht alles‹, zischte Jean böse. ›Außerdem möchte ich Sie gern einmal um Ihre kühle Selbstsicherheit bringen. Sie nach Fassung ringen sehen.‹

Ich blieb ruhig. ›Das dürfte Ihnen schwerfallen.‹

›Ist es Ihnen einen Versuch wert?‹ fragte Marand, und ich willigte ein, ohne zu überlegen, mehr aus Trotz und Neugier.

Wolken bedeckten mit einem Mal den Himmel, wie ein Schwarm dunkler riesiger Nachtvögel. Die Grillen stellten ihr spätsommerliches Konzert ein. Im schwindenden Mondlicht ging Jean zu dem mit Efeu völlig überwucherten Pfeiler. Ich folgte ihm willenlos. Er schob massige Schwaden von Blattwerk und Gerank beiseite, und dahinter tat sich nichts wie Finsternis auf.

›Fürchten Sie um Ihre Garderobe?‹ fragte mein Führer spöttisch und stieg in einen schmalen Einschlupf. Begreiflicherweise zögerte ich ein wenig. Dann packte mich die Neugier. Der Entdeckerdrang früherer Jahre meldete sich wieder, und eine Andeutung von Fips fiel mir ein. Die Geheimnisse des Bollwerks sind noch lange nicht ergründet. Das Kleid, das ich trug, war immerhin waschbar.

Wir kletterten also zusammen eine enge Stiege hinab. Jean ließ seine mitgeführte Taschenlampe brennen. Gebückt ging es einen schmalen Gang entlang. Plötzlich blieb er stehen und beleuchtete das gebleichte Gerippe eines in einer Mauernische hockenden, ehedem menschlichen Wesens.

›Eine stille Mitbewohnerin, eine Eingemauerte‹, kicherte er.

Ich muß gestehen, mir hoben sich vor Grausen die Haare. Es schauderte mich unbändig. Aber geschrieen habe ich nicht.

Ich mußte an Kali denken, das Katzengerippe in den elterlichen Speicherhallen, und an meine kecke Rede von damals, daß ich's gern ein bißchen unheimlich habe. Aber dies hier, das war zuviel.

Das Gerippe leuchtete im Schein der schwachen Lampe grünlich phosphoreszierend. Dennoch versuchte ich, ruhig zu bleiben und ruhig zu sprechen.

›Ein archäologischer Fund. An diesem Ort gar nicht einmal so ungewöhnlich. Vielleicht war das ein schwerverwundeter Musketier, der sich

vor ein paar hundert Jahren ein stilles Plätzchen zum Sterben ausgesucht hat. Später wurde der Gang verschüttet durch die angeordneten
Sprengungen.‹

›Oh nein‹, flüsterte Jean unheimlich nah an meinem Ohr. Das ist ein
zartes Frauengerippe. Hatte eine Silberkette umhängen. Ich hab sie an
mich genommen. Habe auch, nachdem ich Abstieg und Gang entdeckte, das zugemauerte Gelaß erst vorsichtig, Stein um Stein, aufbrechen
müssen, um die Dame zu finden. Gnädigste wollen es sich zu einfach
machen.‹

›Nach hunderten von Jahren ist das nicht mehr wichtig, Skelett ist
Skelett. Jedenfalls, vielen Dank für die nicht uninteressante Vorfüh-
rung. Nun möchte ich aber gehen.‹

Damit machte ich kehrt, um denselben Weg zurückzukehren, den
wir gekommen waren.

›Wir können es jetzt bequemer haben‹, brummte Jean nachlässig.
Ich glaube, er war nicht ganz zufrieden mit der Wirkung seiner Entdek-
kung bei mir. Wir gingen also den Gang ein wenig weiter, er beleuchtete mit seiner Lampe ausschließlich den staubigen Boden, dann rückte
er eine Steinplatte beiseite, wir zwängten uns durch eine Öffnung und
standen zu meiner neuerlichen Überraschung im Keller oder Untergeschoß des Hexenturms. Wortlos stieg ich die mir bekannte Wendeltreppe hinan bis in das ebenerdige Ladenlokal. Durch die großen Lichtöff-
nungen fiel ab und zu der Schein des Mondes, gerade, wie die eilen-
den Wolkenfetzen dies zuließen. Doch die Dunkelheit siegte. Jean zog
einen Schlüsselbund aus der Tasche und schloß geräuschlos die Ladentür auf.

›Wenn Gilda mich sprechen will, ich warte hier auf sie‹, brummte er
mit gespielter Gleichgültigkeit. ›Bringen wir es hinter uns!‹

›Nicht wahr, es ist zu Ende?‹ fragte ich zögernd. Verzweiflung überfiel mich. Was hatte ich getan, in was mich eingemischt, das nur die
Verlobten anging? Plötzlich taten sie mir unendlich leid. Aus verschiedenen Gründen würden sie es nicht leicht im Leben haben, warum sollten sie nicht Halt aneinander finden? Bollwerk hin, Hexen her! Wäh-

rend mir diese neuen Gedanken durch den Kopf jagten, hatte ich unser Haus erreicht, ohne daß mich jemand gesehen hatte, obwohl der März immer noch aus dem Fenster hing. Was sollte ich bloß meiner Tochter sagen? War es besser für sie, wenn ich sie vor der Ehe mit diesem undurchschaubaren Mann bewahrte, oder wenn man sie blind in das Wagnis Hexenturm hineintappen ließ? Sie mußte es auf jeden Fall selbst entscheiden. Ich bereute zutiefst meine Einmischung, meine unüberlegte Handlungsweise, meinen Starrsinn und meinen kindischen Haß auf die Schwestern Paulens. Ich suchte Gilda in unserem großen Zimmer auf, erzählte ihr, daß ich mit Jean gesprochen habe, daß ich keine Schwierigkeiten mehr machen werde, falls er an dem Verlöbnis festhalten wolle. Das möge sie ihm bitte ausrichten. Er warte auf sie an der Ladentür. Und falls er auch ihr den unterirdischen Gang zeigen wolle, möge sie nicht allzusehr erschrecken. Irgendwo dort in einer Nische hocke ein menschliches Geripple.

Von all dem Gesehenen und Erlebten war ich völlig durcheinander.

›Warte‹, rief ich Gilda nach, ›nimm die Taschenlampe mit, für alle Fälle.‹

Gilda hinkte sofort los, so schnell sie konnte.«

»Laß mich jetzt weitererzählen«, bat unsere Tochter.

Hastig und ohne abzuwarten, redete sie drauflos.

»Was sollte das heißen? Was hatten Mutter und Jean zusammen zu reden gehabt? Und was hatte das mit einem Skelett zu tun?

Mutter schien mir etwas verwirrt zu sein. Einerseits freute es mich, daß sie keine Einwände mehr gegen eine Heirat zeigte, andererseits war Jean in letzter Zeit tatsächlich oft direkt beleidigend gewesen. Zumindest sehr brummig. Aber vielleicht, wenn er hörte, daß Mutter nun grünes Licht gab, kam alles mit uns in Lot.

Er stand an der halboffenen Tür, hatte wohl fest mit meinem Erscheinen gerechnet.

›Komm rein‹, sagte er, schloß den Laden von innen ab und ließ den Schlüssel stecken.

›Du‹, bat ich, ›ich muß mit Dir reden, wichtige Neuigkeiten, aber nicht hier, laß uns auf den Wall gehen, der Abend ist noch warm, bald wird's Herbst, laß uns die gute Zeit nutzen.‹

›Ich hab dir auch was zu sagen‹, antwortete Jean eisig.

Er kam mir fremd und abweisend vor. Während ich ihm langsam und überrascht die Treppe hinab ins Untergeschoß folgte, legte sich mit jeder bewältigten Stufe die Vorstellung künftigen Lebens schwerer auf mich. Ich war in meinem Trübsinn verloren, da blieb Jean stehen, deutete auf ein Loch in der Wand, groß genug, um sich hindurchzuwängen. Eine schwere steinerne Platte lehnte daneben zwischen allerlei Gerümpel, Staffeleien, Kisten und Kasten. Jean ergriff hart mein Handgelenk, schob sich mühsam durch die Öffnung und zerrte mich hinter sich her. Ein paar Schritte stolperte ich blind hinter ihm drein. Dann fiel ich zu Boden und entglitt seinem Zugriff.

›Dumme Pute‹, zischelte er. Da war keine Spur mehr von Höflichkeit, geschweige denn Zärtlichkeit. Er wollte mich ungeschickt hochziehen, doch ich wehrte ab und sagte: ›Laß, ich muß meinen eigenen Weg finden. Du weißt doch, meine Hüfte. So hastig muß es ja nicht zugehen.‹

Bei dem Versuch, mich auf die Beine zu bringen, hatte der Lichtstrahl seiner Stablampe ganz kurz und zufällig eine Ausbuchtung in dem schmalen Gang gestreift. Er lenkte ihn, sichtlich erschrocken, sofort dem Boden zu. Doch ich hatte etwas gesehen, das mein ungeteiltes Interesse fand. Eine größere Anzahl schmaler Kisten war für einen Augenblick sichtbar geworden, und so etwas wie weiße Fliegerseide quoll aus einer der halb geöffneten Verpackungen heraus.

›Geh schon voran‹, sagte ich. ›Ich hab mir weh getan und muß erst zu mir kommen.‹

Das paßte Jean absolut nicht. ›Nein, Du bleibst an meiner Hand, das ist zu gefährlich sonst, ich werde jetzt vorsichtiger sein.‹

Ich riß mich erneut los, richtete meine Taschenlampe nun voll auf das zufällig Entdeckte. Jetzt waren in der geöffneten Kiste deutlich aufgezogene Ölbilder zu erkennen. Dahinter sah ich blechbeschlagene Kisten in allen Größen. Ein sehr schönes Bild, ich hätte es auf die

Schnelle Klee zugeschrieben, war vollends ausgepackt. ›Jean‹, schrie ich aufgeregt, ›das müssen die Bilder von Fips sein, von denen Mutter immer sprach.‹ Ich war außer mir vor Entdeckerfreude. Jean dagegen schien erbost: ›Ach, du hast eine Taschenlampe dabei, das hätte ich mir denken können. Die hat dir sicher deine Mutter verpaßt.‹

›Wie wird sie sich freuen‹, lachte ich.

›Moment mal‹, knurrte Jean. ›Ich habe sie gefunden, Frau Cäcilie ist z.Zt. Eigentümerin des Turms, und die Gesellschaft ND der Besitzer. Sag bitte deiner Mutter noch nichts, es wird Auseinandersetzungen geben, zwangsläufig.‹

›Weiß Cäcilie von dem Fund?‹

›Bis jetzt nicht. Wir beide könnten es geheimhalten, vorläufig. Cäcilie will sowieso aufgeben, nun, da ihre Schwester tot ist. Sie will zu einer Nichte zurück nach Amerika gehen.‹

›Jean, das sind ja völlig neue Aspekte‹, frohlockte ich, wie sich herausstellte, zu voreilig.

Inzwischen standen wir vor dem Skelett. Jean richtete seinen Lichtstrahl darauf, und ich schrie entsetzt auf und klammerte mich an ihn.

›Alle Kleider an ihr zu Staub zerfallen.‹

Jean nickte: ›Bis auf ein Schmuckstück‹, und zog mich weiter zu einer winzigen Spindeltreppe. ›Schaffst du diesen Aufstieg?‹

›Freilich. Ich hinke zwar. Aber ich muß ja täglich die Wendeltreppe bis zu unserer Wohnung oder bei euch im Turm gehen.‹

Und schon standen wir auf dem Wall, Jean half mir beim Rausklettern aus dem Efeu-Dickicht. Herrlich, wieder die reine, weiche Septemberluft zu atmen nach dem Moderduft in der Tiefe. Trotzdem, das Abenteuer hatte mir, alles in allem, sogar Spaß gemacht.

›Die reinste Geisterbahn! Wie hast du den geheimen Gang entdeckt?‹

Jean mürrisch: ›Durch einen Zufall. Eigentlich waren es die Katzen. Sie hatten ein Vogelnest im Pfeiler aufgespürt und strichen ständig drum herum. Ich hörte die Jungen erbärmlich piepsen. Als ich versuchte, das Nest zu schützen, entdeckte ich hinter der kleinen Mauernische, in der es steckte, einen größeren Hohlraum. Ich nahm mir vor, sobald die Jungen flügge würden, die Sache genauer zu untersuchen. Als es soweit war, machte ich mich mit Werkzeug an die Arbeit. Ich brach das Loch groß genug, um in den dahinterliegenden Hohlraum einsteigen zu können. Die Stiege runter und alles andere zu finden, geschah dann zwangsläufig.‹

›Was haben die Tanten dazu gesagt?‹

›Sie haben keine Ahnung. Außer dir und deiner Mutter weiß keine Menschenseele von dem Geheimgang.‹

›Ich muß es Mutter sagen. Wenn wir beide erst hier im Turm leben, hat auch sie ein Recht darauf, mehr zu erfahren.‹

›Du wirst nicht mit mir im Turm wohnen‹, sagte Jean hart.

›Jean‹, flehte ich, ›was sagst du da? Das ist doch nicht dein Ernst?‹ Nein, ich wollte, ich durfte ihn nicht verlieren. Auf einmal erschien er mir wieder lebenswichtig. Gerade jetzt in der neuen Ausgangslage. Was blieb mir ohne ihn? Und Jean ein Leben lang mit einer anderen Frau im Turm zu sehen, kam mir einfach unerträglich vor.

›Laß uns zusammenbleiben. Ich bekomme das Geld von zu Hause. Mutter ist plötzlich mit der Heirat einverstanden. Erinnere dich, wie glücklich wir vor kurzem waren.‹«

Jetzt mischte sich Herta in die Erzählung ein. »Gilda ist schwanger.«

Mir – Holgersen – wurde wie mit einem Fausthieb einiges klargemacht, worauf ich hätte selber kommen müssen. Ich sagte nichts zu dieser neuen Tatsache, dachte an die dramatischen Ereignisse in unserer Ehe, als Herta mir ihre Schwangerschaft offenbarte.

Was sollte ich auch sagen?

Gilda erzählte mit versagender Stimme weiter: »›Laß mich‹, grollte Jean, und setzte sich mit geübtem Schwung auf die äußere Brüstungsmauer. Ich stellte mich dicht zu ihm, aber er fuhr fort, sich zu beschweren. ›Warum haßt deine Mutter die Damen Paulens? Widersprich mir nicht, ich weiß, daß es sich so verhält. Es sind gute Frauen, Menschen ohne Vorurteile, die ersten, die mir nach Jahren des Vagabundenlebens ein neues Zuhause boten. Ich lege nicht den geringsten Wert auf deine Mutter als Schwiegermama. Sag ihr das. Sie hat in mir stets den mittellosen Landstreicher gesehen, einen Mitgiftjäger. Nun reicht es mir. Machen wir es kurz: Es ist aus mit uns. Aus und vorbei. Hast du verstanden?‹

Ich konnte nicht antworten. Ich dachte, vor innerer Qual knicken mir die Beine weg. Und dann schüttelte er mich heftig.

›Verstehst du, Mädchen, es ist aus mit uns. Hier ist mein Abschiedsgeschenk, vielleicht kapierst du dann besser.‹

Bei den Worten hatte er etwas aus seiner Tasche gefingert, eine lange Kette mit einem Anhänger daran.

›Mutter ist einverstanden, es wird alles gut, wir lieben uns doch‹, blitzschnell zogen tausend Gedanken durch mein aufgewühltes Hirn. Es ist wegen meiner Behinderung, oder er will die Bilder allein vermarkten, eine späte Rache an Mutter ...«

Herta fuhr dazwischen. »Das war's, was ich immer befürchtet habe, daß ein Fremder eines Tages Fipsens Meisterwerke entdeckt und heimlich fortschafft. Deshalb wollte ich wenigstens in Sichtnähe des Turms bleiben. Fast wäre es Marand gelungen ....«

»Unterbrich mich jetzt bitte nicht mehr, Mutter«, bat Gilda. »›Liebe kommt und geht‹, hörte ich Jean säuseln. ›Mach es uns nicht unnütz schwer, Mädchen.‹ Mit der einen Hand zog er mich heftig an sich, mit der anderen versuchte er, mir eine Kette um den Hals zu legen. Da kam mir der fürchterliche Gedanke, das war das Amulett der Eingemauerten, der Hexe. Und ich sollte es nun tragen!

›Nein!‹ schrie ich und stemmte mich mit aller Macht dagegen. ›Nein, es wird noch mehr Unglück über uns bringen. Weg damit!‹

Mit aller Kraft, völlig aufgebracht, habe ich ihn von mir gestoßen. Die Kette, schon halb um meinem Hals, zerriß dabei. Jean versuchte verzweifelt, an irgend etwas Halt zu finden. Vielleicht wäre ihm das gelungen, aber ich war blind vor Entsetzen. Ich stieß noch einmal kräftig nach. Töten, nein töten wollte ich ihn nicht. Zunächst dachte ich gar nicht an die Möglichkeit seines Todes. Ich war wie von Sinnen, deshalb registrierte ich seinen Sturz irgendwie mit Erleichterung. Mir ging kurz durch den Kopf: hätte nicht ich ihn, geradeso gut hätte er mich als nicht eingeplante Mitwisserin der versteckten Bildschätze über die Mauer befördert. An dieser Stelle geht es mindestens zehn Meter hinab bis zur Talstraße. Es gab einen dumpfen Aufschlag, sonst hörte man nichts. Plötzlich wurde mir bewußt: Er ist tot. Daß er womöglich schwer verletzt unten liegen könne, der Gedanke kam mir überhaupt nicht. Du bist eine Mörderin, du hast ihn umgebracht, sagte ich mir.«

Gilda verstummte und fiel in sich zusammen.

Ich legte meinen Arm um ihren zuckenden Rücken und murmelte: »Jeder würde an deiner Stelle versucht haben, einen Peiniger von sich zu stoßen. Es war kein Mord, es war ein Unfall.« Gedacht habe ich aber, sie ist eine schuldlose Mörderin. Hätten sich Frau und Tochter nur früher an mich gewandt, vielleicht wäre Gilda der Höchstgrad der Erregung als mildernder Umstand zugebilligt worden. Ein Zustand, der einem ansonsten normalen Menschen völlig die Fähigkeit raubt zu erkennen, was er tut. Sicher hätte auch Gilda mit Freispruch oder einem milden Urteil rechnen können.

Als habe Herta meine Gedanken erraten, sagte sie: »Ich mußte Gilda – koste es, was es wolle – vor einer Anklage bewahren. Da ist noch etwas, was du nicht wissen kannst, und was auch ich erst in diesem Zusammenhang von unserer Tochter erfahren habe. Sie hatte während des Studiums verschiedene Zusammenstöße mit der Polizei. Bei einer Demo wurde sie festgenommen und ist bereits aktenkundig. Außerdem war sie in eine Rauschgiftsache verwickelt. Sie hätte kaum mit Milde rechnen können, wäre alles zusammen aufgerollt worden.«

Ich unterdrückte ein Stöhnen. War es immer noch nicht genug? Niedergeschlagen ächzte Gilda: »Hab' ich nicht genug gebüßt? Die Angst vor der Querschnittslähmung, all die Operationen, zwei Jahre im Krankenzimmer eingesperrt, zeitlebens behindert. Ich hätte es nicht verkraftet, um den Rest meiner Jugend gebracht zu werden. Deshalb habe ich alle Kräfte mobilisiert, um unentdeckt heimzukommen. Mutter hat es dann ausbaden müssen, aber sie wollte es so.«

Herta winkte resigniert ab. »Laß das. Ich war ziemlich sicher, daß man mir nichts anhaben konnte. Das Belastungsmaterial war für eine Verurteilung zu dürftig. Und schließlich, selbst wenn, war ich nicht an allem schuld? Die eigentlich Schuldige bin ja ich.«

»Hör endlich auf damit, Mutter. Außerdem ist mein Bericht noch nicht zu Ende. Nachdem ich also eine Zeitlang wie betäubt dort stand, überlegte ich plötzlich ganz ruhig, wie ich unbemerkt heimkommen könnte. Ich schlich gebückt nach vorn, sah den März am Fenster stehen. Sollte ich abwarten, bis er sich verziehen würde? Das könnte unter Umständen lange dauern, und Mutter kam womöglich, um nach mir zu sehen. Das durfte ich nicht riskieren. Dann fiel mir ein, daß ich den Geheimgang tarnen mußte. Ich stieg also mühsam zurück durch das Efeu-Dickicht, durch den hohlen Pfeiler, verteilte von innen so gut es eben ging das Geranke. Dann die schmale Wendeltreppe hinab, durch den niedrigen Gang, vorbei an dem hockenden Gerippe, vorbei an Fipsens Bilder-Depot. Endlich hatte ich das Kellergeschoß erreicht und mußte nun versuchen, die schwere Steinplatte wenigstens ein wenig vor die Öffnung zu rücken. Da ich das nicht schaffte, türmte ich Kisten und Kasten davor auf. Dann hinauf in den Laden. Der Schlüssel steckte in der Tür. Draußen klatschte der Regen bereits auf den gepflasterten Burghof. Ich vernahm Schritte. Ich fürchtete, man könne mein Herz bis nach draußen klopfen hören. Als die Luft rein war, schlüpfte ich hinaus und schloß die Tür von außen ab. Nun ein neuer Schreck. Wohin mit dem Schlüsselbund? Vielleicht ließ es auf ein Handgemenge schließen, wenn die Schlüssel in der Nähe der Unfallstelle gefunden wurden? Also schlich ich im Schatten der Wallmauer bis zu unserem letzten Standort und schleuderte den abgewischten Bund hinauf. Ich weiß nicht, woher ich die Kraft nahm, all das zu tun. Doch als ich nach Hause kam und Mutter berichtet hatte, war es vorbei mit meiner Haltung. Das weitere habe ich ihr überlassen und nur noch gesagt und getan, was sie anordnete. Ich fühlte mich restlos erledigt. Und nach einem Monat stellte ich fest, daß ich schwanger war.

Nun weißt du alles, Vater, alles ist gesagt.«

Ja, nun wußte ich es, nachdem ich an dem entscheidenden Abend mit Kopfhörern den Klassikern unserer Musik gelauscht hatte. Nachdem ich mit Scheuklappen durch's Leben gegangen war, nun wußte ich es.

»Es ist überstanden«, sagte ich entschlossen. »Freispruch für Mutter. Ich lasse mich vorzeitig in den Ruhestand versetzen, und wir ziehen fort. Wir könnten sogar unseren Namen ändern lassen. Damit wir endlich in Ruhe leben werden. Auf dein Kind freue ich mich.«

Herta schüttelte den Kopf. »Es geht nicht, wir müssen bleiben und den Kelch bis zur Neige trinken. Gilda stirbt uns sonst vor Angst.«

»Warum müssen wir bleiben?« fragte ich verständnislos.

»Weißt du, daß Cäcilie aufgeben will? Nach den beiden Todesfällen ist ihr der Turm vergällt.«

»Und was soll das heißen?« stellte ich die Gegenfrage. »Was hat das mit uns zu tun?«

»Wir müssen das Bollwerk künftig bewohnen.«

»Das kann nicht euer Ernst sein«, brauste ich auf. »Gilda wird hier nie zur Ruhe kommen.«

»Der Turm gibt uns nicht frei, es geht nicht anders.«

Gilda riß jetzt heftig das Wort an sich. »Wenn du uns wirklich helfen willst, Vater, dann müssen wir rüberziehen – egal, was die Leute reden. Wir wollen das Skelett in gute Erde betten, vor allem müssen wir heimlich die Zugänge zu dem Gang vermauern. Und zwar so sorgfältig, daß sie auch in fünfzig Jahren keiner findet.«

Ich schlug mir vor die Stirn. Warum bin ich nicht selbst darauf gekommen, das war es also, war Frau und Tochter nach dem Freispruch weiterhin in Angst und Schrecken gehalten hatte: die begründete Furcht, daß mit der Entdeckung des Geheimganges das Gerichtsverfahren neu aufgerollt würde. Mit der zusätzlichen Beschuldigung: Irreführung des Gerichts. Mit Sicherheit waren die Fußspuren von Jean, Herta und Gilda in dem staubigen Moder der unterirdischen Gelasse zu finden. Und was würde aus den Bildern?

Es war ein Glücksfall, daß die Polizei nicht auf den Gedanken gekommen war, das Gelände, den Wall, genauer zu untersuchen. Nein, auf Geheimgänge ist die Kriminalpolizei nicht mehr programmiert. Unsere Zeit ist für Offenlegung, für das Niederreißen alter geheimnisumwitterter Mauern. Epochen, da ganze Stadtviertel durch unterirdische Fluchtwege verbunden waren, sind heute von der Allgemeinheit vergessen. Auf der Suche nach dem Täter durchleuchtet man die Tiefen der Seele und nicht den Unterbau eines Turms.

»Der Turm ist an allem schuld«, bemerkte ich mit Nachdruck.

Wieder schüttelte Herta den Kopf. »Ich hatte während der Zeit meiner U-Haft reichlich Gelegenheit zum Nachdenken. Schuld an unserem Unglück ist das menschliche Ungenügen, unser eigenes und das der anderen. Der Turm ist unschuldig-schuldig, genau wie wir alle drei. Wenn wir in Zukunft dort gemeinsam leben wollen, müssen wir ihm Gerechtigkeit widerfahren lassen. Im Grund ist er nur das, wozu wir ihn benutzen. Nicht mehr, nicht weniger.«

Ausklang

Herta und ich sahen uns an. Keine Fremden mehr, innig Vertraute seit Anbeginn unseres Empfindens. Endlich stellte ich ihr die Frage, die ich schon so oft an sie richten wollte. Warum hatte sie mich all die Jahre so allein gelassen?

Sie sah mich überrascht und verständnislos an. »Aber du warst es doch, der sich zurückgezogen hat. Seit langem. Deine stille Klause, deine Musik, dein Ungestört-sein-Wollen. Ich nahm an, du bildest dich zwangsläufig zu dem Einzelgänger zurück, der von klein an in dir steckte.«

»Aber liebe Herta ...«, stammelte ich.

»Ich weiß«, sagte Herta resigniert. »Ich habe dich zur Verzweiflung getrieben mit dem Turm und Onkel Fips, und mit der fixen Idee von wegen der Hexen. Es war mir unerträglich, andere Leute dort aus- und eingehen zu sehen. Und immer der Gedanke: Wann werden die Bilder gefunden, was geschieht mit ihnen? Warum sind wir nicht fortgezogen, als es noch Zeit dazu war?«

»Etwas gegen deinen Willen zu unternehmen, war mir schier unmöglich. Selbst nicht gegen besseres Wissen.«

Ich faßte ihre schlanken Hände. »Herta, stets hatte ich Furcht, dich zu verlieren. Nie bin ich den Gedanken losgeworden, daß du mich aus allen möglichen Gründen, nur nicht aus Liebe geheiratet hast. So kurz nach deiner Ehe mit Karl, diesem wunderbaren Supermann.«

»Oh Gott«, fiel Herta rasch ein, »Holger, was hast du dir nur all die Jahre eingebildet? Daß du zu Anfang eifersüchtig warst, habe ich wohl bemerkt. Deshalb habe ich nie seinen Namen erwähnt, nie von ihm gesprochen. Ich wollte auch nicht von ihm reden. Endlich kann ich es dir sagen. Ich war nicht glücklich mit Karl, dem Ritterkreuzträger. Ich war sogar sehr unglücklich in dieser zehntägigen Ehe. Ich war froh, als der Urlaub zu Ende ging, und Karl zurück zu seinem Einsatz mußte. Ein schlechtes Gewissen hat er mir hinterlassen, sonst nichts. Wir beide sind ziemlich unerfahren in diese Kriegsehe reingeschlittert. Er war unersättlich. Tag und Nacht gab er keine Ruhe, und ich mußte es über mich ergehen lassen. Du kennst ja meine puritanische Erziehung. Ein sozusagen männerloses Haus, Mutters Abneigung der Männerwelt gegenüber, alles, was mit Sex zusammenhing war tabu für ein junges Mädchen aus gutem Hause. Und so ist Karl wie eine Dampfwalze über mich gekommen.

Er besuchte mit ein paar Kameraden von seinem nahegelegenen Fliegerhorst Neuerburg, erblickte mich zufällig in der Stadt, und bei ihm war's Liebe auf den ersten Blick, behauptete er. Er ging mir nach, kaufte in einem Blumenladen das halbe Geschäft leer. Dort muß er sich nach meiner Adresse erkundigt haben, denn wenig später erschien er mit Armen voller Blumen bei uns zu Hause, stellte sich mit allen Auszeichnungen vor und bat Mutter um meine Hand. Gewiß, der gutaussehende Ritterkreuzträger machte Eindruck, selbst auf unser Kättchen. »Nimm ihn, und ihr seid alle Sorgen los«, riet sie mir. »Warum zögerst du? Sag Ja zu ihm.« Zu diesem Zeitpunkt war Großvater angeklagt wegen Abhörung eines Feindsenders. Bedingt durch seine Altersschwerhörigkeit hatte er BBC-London derart laut eingestellt, daß Übelgesinnte es auf der Straße mitbekamen und ihn postwendend anzeigten. Das Abhören von Feindsendern war damals ein schweres Vergehen und wurde hart geahndet. Karl brachte es, wie weiland Fips, durch beste Beziehungen nach oben im Handumdrehen fertig, Großvater Steinbach freizubekommen. Ganz schnell waren auch unsere Papiere da. Ich bin im wahrsten Sinne des Wortes im Handumdrehen vereinnahmt worden. Karl hatte es mit allem eben schrecklich eilig.

Heute sehe ich das anders. Es war der Krieg, der den Helden der Lüfte trieb. Der ihn jagte, ihm keine Zeit und Geduld mit mir gönnte. Der ihn gierig nach dem bißchen Leben greifen ließ, das ihm verblieb. Als habe er seinen Tod geahnt. Trotzdem gab es kein Kind, vielleicht, weil ich mich gegen ihn sperrte. Gegen seine Rücksichtslosigkeit und Hast. Von großer Leidenschaft halte ich seitdem nichts mehr.

Mit dir, Holger, war das anders. Du bist zärtlich und geduldig. Mit dir hätte ich glücklich werden können, wenn es denn den Menschen wirklich vergönnt wäre, glücklich zu sein. Für eine längere Weile jedenfalls.«

Sie legte den Kopf an meine Schulter und unsere Haare, in etwa gleichfarben geworden, vermischten sich.

»Herta.« Ich zitterte vor Glück und Trauer. »Warum hast du mir das nicht früher gesagt, gleich zu Beginn unsrer Ehe?«

»Als ich jung war, hatte ich keine Worte für all diese Dinge. Ich weiß heute, ich war dir eine spröde Braut, wegen der vorangegangenen Erlebnisse. Aber eine zärtliche Ehefrau, wenigstens zu Anfang.«

»Herta«, sagte ich kopfschüttelnd. Wir haben uns so gründlich wie es nur ging mit unseren Fehlern und Unvollkommenheiten unser Leben verbaut. Mit einer geradezu beängstigenden Konsequenz.

Wir wollen Gilda und dem Kind zuliebe einen neuen Anfang machen.«

Hertas Bereitschaft, ihre Wandlungsfähigkeit, mit der ich nie gerechnet hatte, baute verbliebene Barrieren restlos ab. Daß sie weise geworden war im Brennofen der letzten Ereignisse, hatte ich bereits mehrfach während der letzten Gespräche feststellen können. Ihre kühle Schönheit wurde nun von einer bis dahin unbekannten Wärme erleuchtet.

»Wir machen uns zuliebe einen neuen Anfang und haben hoffentlich noch einige gute Jahre vor uns.«

»Meine Frage, warum du mich geheiratet hast, blieb noch unbeantwortet.«

»Weißt du das wirklich nicht? Mir war schon als Kind klar, daß wir beide zusammengehörten. Du hast mich einmal gegen eine Übermacht von garstigen Kindern verteidigt. Du, ein Einzelner. Dein Gesicht damals, das hab' ich nie vergessen. Wie ein grimmiger Cherub hast du ausgeschaut. Einmal ein Held, für immer ein Held!« Sie war noch nicht zu Ende gekommen, bedächtig fuhr sie fort: »Lebten wir Einzelgänger nicht als Randfiguren der Gesellschaft? Woher das kam? Vielleicht, weil wir daheim nie richtig satt wurden. Sowohl bei dir als auch bei mir wurden nur dünne Suppen gekocht. Im übertragenen Sinn natürlich. Dünn an Leben und Wärme. Das schweißte uns zusammen. Das ergab unseren Unterbau. Und darüber errichteten wir für eine kurze schöne Weile unser Wolkenkuckucksheim. Und irgendwann sind wir wieder unserem Einzelgängertum verfallen. Laß uns ein neues Wolkenkuckucksheim bauen. Ein haltbares.«

»Und nie mehr dünne Suppen essen.«

Herta nickte so heftig mit dem Kopf, daß sich zu meiner Freude ihr Haar löste.

»Berenike«, kam es mir wieder in den Sinn.

Sie sagte: »Das bißchen Weisheit, das nun mal dazu gehört, um eine gute Ehe führen zu können, stellt sich oft leider erst mit zunehmendem Alter ein.«

»Und da wir das nötige Alter erreicht haben, müssen wir nur noch für den Rest sorgen.«

Nun wohnen wir seit einem Monat im Hexenturm. Herta hatte recht, es lebt sich hier auf eine seltsam beflügelte Weise. Meinem Wunsch nach vorzeitiger Pensionierung wurde stattgegeben. An Beschäftigung fehlte es mir – auch ohne die angeratene wissenschaftliche Arbeit in Angriff zu nehmen – bislang nicht. Gottlob bin ich ein Mann vom Fach, habe seinerzeit ein Praktikum als Maurer gemacht. So konnte ich den Geheimgang zwischen den Basteien und im Keller fachgerecht schließen. Zuvor habe ich Erde vom Wall, die Fips dort aufbringen ließ, für eine letzte Ruhestätte der Eingemauerten herangeschleppt. Bei Dunkelheit natürlich. Ihr friedloser Geist soll unser neues Leben nicht beeinträchtigen.

Wir konnten uns mit Frau Cäcilie dahingehend einigen, daß wir das ganze Inventar übernahmen, mit Ausnahme ihrer persönlichen Dinge. Und »Johanna auf dem Scheiterhaufen« nahm sie mit nach drüben. Über den Bilderfund mußten wir nach Lage der Dinge schweigen, die Gemälde waren ausdrücklich Fipsens Vermächtnis an Herta. Der finanzielle Teil ging mit Hilfe eines Anwalts glatt über die Bühne, unsere Ersparnisse hatten ausgereicht.

Gilda malt wieder und erholt sich von den ausgestandenen Ängsten. Alle freuen wir uns auf das Kind. Gilda wird nicht im Turm wohnen, sie richtet sich mit den Baby in unserer alten Behausung ein. Sie braucht ihre Selbständigkeit, das sehen Herta und ich ein. Jeans Grab pflegt sie gewissenhaft. Das Amulett wurde dem Toten beigelegt. Niemand wollte es haben.

In der Nachbarschaft und darüber hinaus hält man uns zugute, daß wir nach den schrecklichen Ereignissen nicht geflohen, sondern im Gegenteil, in den Brennpunkt der Geschehnisse gezogen sind.

Die Katzen streichen wie eh durchs Bollwerk und Herta füttert sie zuverlässig.

Gestern stand ich mit ihr auf dem freien Umgang oben auf dem Turm und sagte: »Rapunzel, laß dein langes Haar herunter.«

»Es würde dich nicht mehr tragen, es ist dünner geworden und fast weiß. Altweibersommer.«

»Die schönste Jahreszeit für unsereinen. Was ist, wenn ein lang gehegter Wunsch, unerfüllt und bereits abgeschrieben, dann plötzlich in Erfüllung geht?«

»Das ist ein geschenkter Gaul.«

»Wärst du lieber jetzt anderswo?« bohrte ich weiter.

»Ich weiß es wirklich nicht. Laß das Holger.« Und dann ganz leise: »Wir müssen unsere Gräber hüten.«

Doch darüber hinaus leben wir auf eine neue beschwingte Weise. Der Turm besitzt Flügel.

Ich werde meine papiernen Erinnerungen nicht verbrennen. Keine Bücherverbrennung! Mein Enkel soll einmal entscheiden, was damit geschieht. Es ist genug verbrannt in Neuerburg.

Anmerkungen · Quellen

»Die Juden in Aach« nach einer Chronik des alten Schullehrers von Aach, aufgezeichnet 1943!

Dechant Josef Zilliken in Dachau war ein Verwandter der Verfasserin; sein Schicksal ist festgehalten im Archiv des Bistums Trier.

Die Zerstörung Neuerburgs durch den Luftangriff im Dezember 1944, nach Aufzeichnungen von Ruth Homann.

Die Geschichte des Jean Marand, der Verfasserin glaubwürdig als Lebensbericht von einem wandernden Silhouettenschneider erzählt.

Die Nordbastei, der sogenannte Hexenturm, stand, wie auf einem Photo von etwa 1920 ersichtlich, in einer Höhe von vier Geschossen. Ihm wird auf erzählende Weise gewissermaßen ein Andenken bewahrt.

Die Autorin

Geboren in Cochem an der Mosel. Wächst in einer großfamiliären Idylle auf. Schon früh wird die kindliche Phantasie angeregt, selber Märchen zu erfinden und zu illustrieren.
Studium der Architektur in Darmstadt. Nach dem Diplom Heirat mit dem Studienfreund. Mutter von vier Töchtern. Auch ihnen und ihren Freunden werden so früh wie möglich Märchen erzählt.
In den Folgejahren vermehrtes Schreiben. Zunehmend werden Texte in Tageszeitungen abgedruckt und im Hörfunk gesendet.
Veröffentlichte drei Märchensammlungen »Trier Märchen – Trierer Geschichten« sowie einen Kalender mit Gedichten und Scherenschnitten.
1987 wurde Annette Craemer mit dem Elsbeth und Otto Schwab-Preis ausgezeichnet.